MW01128826

LEYENDAS CELTAS DE GALICIA Y ASTURIAS

Correspondencias entre las leyendas gallegas y asturianas
Su estudio comparativo sobre motivos del folclore celta

Compilación & Análisis
Eliseo Mauas Pinto

Diseño Cubierta: Eliseo Mauas Pinto
Fotografías: Juan Agustín Mauas Castro

Una Edición de CreateSpace

Publicado por Eliseo Mauas Pinto
*en **CreateSpace.com**

ISBN-13: 978-1479287369

ISBN-10: 1479287369

"Dedicado a quienes deseen ser verdaderamente celtas,
a quienes han luchado para serlo,
a quienes lo son."

Eliseo Mauas Pinto

"Cada cual es un visionario si se lo sondea bien a fondo.
Pero el celta es un visionario sin necesidad de sondearlo."

William Butler Yeats

CONTENIDO

Advertencia al Lector

He decidido publicar esta obra en lengua española debido a que muchos descendientes de inmigrantes gallegos y asturianos, no dominan y desconocen la lengua gallega o asturiana. Esto me recuerda una canción bretona, titulada "Brezhoneg", en ella se convoca al joven bretón para que se preocupe por preservar la lengua bretona, pero claro, para que el mensaje fuera directo no podía estar expresado sino en una lengua dominante el francés.

Al comenzar esta obra no pensé más que en trabajar por la preservación de una tradición común, en fomentar su estudio, difundir entre los miembros de una comunidad su propia cultura.

Muchos otros se han dedicado a recopilar y estudiarla para quienes en el futuro deseen continuar sus pasos. Es ésta tarea de difusión la que interesa. Habrá tradiciones que de no difundirse perecerán, ya sea por rechazo de los descendientes o por mero olvido de sus portadores, debido a la incapacidad de ponerlas por escrito, tal el caso de cientos de melodías y poemas.

Desconozco si leyendas de versión similar a las aquí citadas aún discurren por los países celtas en bocas de algunos. Pero sí sé de la tarea de bardos y relatores contemporáneos, y de muchos libros como éste, dedicado a retener en sus hojas la tradición aún viva y la del pasado, para que pueda ser conocida y estudiada. En esos libros permanecen latentes, quizá para revivir en boca de futuras generaciones.

En cuanto a las leyendas y sus versiones, debo reconocer que en algunos casos, la traducción no ha sido literaria, y he adaptado pasajes para lograr un estilo más comprensible. Aún así esta proyección tradicional de mi parte no está alejada del contenido original. En la mayoría de los casos, cito el lugar de donde fuera recopilada. A pesar que no he conseguido gran cantidad de versiones, considero válidas las, aquí citadas debido a la calidad del recopilador en cuestión.

Al final de cada capítulo encontrarán las notas a cada una de la referencia en los capítulos.

El hecho de haber reunido para ustedes las versiones en que se evidencian ciertas correspondencias no ha sido para aburrirlos, sino por el contrario, para despertarlos, para moverles en el afán de búsqueda y participación bajo una herencia común» la celta: No olvidemos aquello de "Gallegos y Asturianos, Primos Hermanos".

Si deseas saber hacer amigos y conocer más leyendas como así también música, arte, y cultura celta en general te invito a que visites mis sitios web tanto en inglés como en español:

Blogger : "Celtic Sprite"
Facebook : "Amigos Celtas" & "Love of Rhiannon"

Estimado lector, si acabas de leer estas líneas, te agradezco el haberlo hecho pues sé que habrás de
leer también la "Introducción"... yo solía pasarlas por alto!

Introducción

La proximidad de Asturias y Galicia me hizo suponer; en un primer momento, la existencia de cierto paralelismo entre sus caracteres tradicionales. De hecho, el paso del pueblo celta por ambas regiones nos ha dejado sus dólmenes como mudos testigos entre otros vestigios arqueológicos.

Al estudiar su música descubrí cierta correspondencia entre las danzas, por ejemplo la muiñeira, de cierto parentesco métrico con la jiga o port gaélico. Aunque danzas de raigambre céltica como el Pericote perduran sólo en Asturias.

Comprendí entonces que era en las leyendas donde existía un sustrato cultural mucho más claro y de gran correspondencia con motivos celtas. ¿Qué cultura nos muestran las leyendas gallegas?" se pregunta Leandro Carre Alvarellos en su obra *"Las Leyendas Tradicionales Gallegas"*.

Colección Austral, Espasa-Calpe, Madrid 1977, "La tradición de Merlín, el Milagro del Cebreiro, la Torre de Breogán, y el descubrir de Irlanda por los Gallegos" (ambos temas incluidos en el Lebhor Gabhala na h'Eireahn) "que allí llevaron la piedra de los reyes, sobre la que todavía son coronados los reyes de Inglaterra siguiendo antiquísima tradición"(La Leyenda de la Piedra del Destino) "prueba evidencia que la cultura de Galicia era de tipo céltico, confirmada por los hallazgos de torques preciosos de oro, diademas y brazaletes con ornamentos de aquellas mismas características; lo prueban también las citanias, sáas o castros, semejantes a los Irlandeses; los dólmenes semejantes a los de Suecia y otros países del Norte" (a no olvidar los de Portugal y Francia) "las espadas de bronce y las hachas; las ollas de tipo campaniforme, como ya lo ha hecho notar el historiador gallego Manuel Murguía.Todo ello se refuerza con los nombres de lugares parecidos o iguales a los de otros países célticos. Y sobre todo, en la riquísima cantidad y variedad de leyendas gallegas, se manifiesta una exuberante imaginación que es su mayor y más preciada característica."

Algo en realidad característica de los pueblos celtas donde la imaginación priva sobre el intelecto, donde el panteísmo y los mitos armonizan con el mundo tangible; a diferencia, por Ej. De Castilla donde hay mayor empirismo, con leyendas acerca de guerras, milagros y traiciones.

Recuerdo mis lecturas de aquél anónimo " Amadís de Gaula* y cómo éstas me llevaron a pensar en un folclore que se reciclaba, un bagaje mítico-heroico proveniente de países como Irlanda, Gales, Escocia, Alemania. que pasaba luego desde Bretaña en Armórica a Galicia y Portugal, uniéndose a las tradiciones entonces existentes en algún momento del S.XIII.

Menéndez y Pelayo, en su obra 'Los Orígenes de la Novela en España'
Tomo 1 nos dice que "Había una región en la Península donde ya por
antigua comunicación con los países celtas, ya por oculta afinidad de
orígenes étnicos, ya por la ausencia de una épica nacional que pudiera
contrarrestar el impulso de las narraciones venidas de fuera encontraron
los cuentos bretones segunda patria, y favorecidos por el prestigio de la
poesía lírica, por la moda cortesana, por el influjo de las costumbres
caballerescas despertaron el germen de la inspiración indígena, que
sobre aquél tronco, que parecía ya carcomido y seco, hizo brotar la
prolífica vegetación del Amadís de Gaula" (algo así como El Amador de la
Galia) "primer tipo de novela idealista española. Fácilmente se
comprenderá que aludo a los reinos de Galicia y Portugal, de cuyo
primitivo celtismo al menos como elementos muy poderosos de su
población, también los de Asturias y Cantabria – sería demasiado
escepticismo dudar".
Otro valioso testimonio es la traducción gallega del 'Lanzarote del Lago',
de la que fuera publicada (parte hallada en el S.XIV) por don Manuel
Serrano Sanz, en el Boletín de la Real Academia Española, Tomo XV,
cuaderno 73, 1928.
Leyendas como "La Torre de Breogán", mi primera lectura del "Libro de
las Conquistas" (Lebhor Gabhala) del Ciclo Mitológico Irlandés, con su
Rey Mile acompañado del bardo Amergín, reforzaron aún más mis
suposiciones de incursiones gallegas en Irlanda por el 1800-2000 A.C.
Luego se sumarían mi búsqueda el bardo contemporáneo Eduardo
Pondal, exaltando la celticidad del pueblo gallego; el gran arqueólogo e
historiador Florentino López Cuevillas, quien escribiera en su artículo
"Relaciones Prehistóricas entre Galicia y las Islas Británicas" por el año
1948: "No es sólo Breogán quien vio a lo lejos la isla de Erin y envió a ella
a su hijo Ith con barcos y con hombres. No es sólo Creidne, el orfebre
irlandés que se ahogó en el mar cuando regresaba de Galicia de
comerciar oro; son las hachas gallegas que se hallaron en Irlanda y en
Inglaterra, es la identidad de muchos petroglifos de los tres países, es la
lúnula que apareció en Cabaceiras de Basta. Hay más, mucho más, y
todavía con una significancia mayor."
Es cierto, hay mucho más en una cultura como la céltica, con mitos tan
arraigados y una tradición oral tan rica.
Desentrañar los infinitos misterios es cuestión de nunca acabar, pero
reconozco que es algo apasionante.

Con las leyendas citadas en esta obra se reconoce esa ligazón con los
esquemas tradicionales, experimentando estas según su zona de
influencia, evolución o no, pero también curiosamente nos sirven para
demostrar ese basamento común y a la vez diferenciarlo.

Antes de entrar en el análisis, considero oportuno tratar algunos
conceptos básicos que hacen al estudio de nuestra herencia cultural.
¡Comencemos pues por el Capitulo I!

CAPITULO I
"Acerca del Folclore"

- El Folclore, Concepto
- La Proyección Tradicional
- El Folclore literario
- Diferencias entre el cuento y la leyenda
- El cuentista
- El Método y Técnica Folclórica

El Folclore. Concepto.

El término folclore fue utilizado por primera vez por el arqueólogo William J.Thomas en 1846. Tituló así al estudio de las tradiciones, leyendas, y supersticiones de un pueblo. Estudio que incluye métodos de investigación, acopio, análisis, y clasificación que con el tiempo fueron perfilando al folclorista como un verdadero científico. Sería conveniente enunciar algunas de las características esenciales de este 'Conjunto de Saber Popular'.

Son folclóricas "Todas las expresiones "populares" (*privativas de un pueblo*), de funcionalidad colectiva (*que satisfacen ciertas necesidades sociales*), de autoría "anónima", "transmitidas empíricamente" por "vía oral", en forma 'tradicional'(*continuidad de ideas, instituciones, y costumbres, transmitidas depadres a hijos, por generaciones*), con la incorporación de variantes y perspectivas "regionales" (*adecuación a la idiosincrasia década región*), y 'socialmente vigentes".

Luego de este estricto esbozo que se desprende de la obra, del estudioso Augusto R Cortázar (1) se puede aclarar una confusión común. Pues para caracterizar algo como folclórico, son necesarios por lo menos dos elementos: 'lo popular' y 'lo tradicional'; siendo éstos disímiles entre sí.

Así pues una expresión cultural de la que todos gustan y de la que sienten necesidad de ser partícipes en su colectivización (como vigencia social), al tradicional así adquiere vigencia en el tiempo, y por lo tanto se populariza.

Pasaré ahora a tratar un tema por el cual muchos habrán de calificarme de purista pero su consideración es demasiado importante para quiénes estamos vinculados a la tradición de un pueblo.

La Proyección Tradicional.

Este calificativo se ha tornado una constante en mi actividad, donde la música que se ejecuta, difunde y comparte, junto a poemas y leyendas, no implica una verdadera actividad tradicional, por más que interpretemos piezas con instrumentos del folclore celta y técnicas tradicionales. Difundir este bagaje cultural no equivale a hacer tradición, sino a proyectarla.

Lo mismo es aplicable a la forma de nutrirse de estas expresiones culturales, pues estando lejos de las fuentes celtas, todo ese bagaje es incorporado a través de medios, que son resultado del avance técnico como discos, casetes, e incluso libros, revistas, o partituras.

Si bien esta forma visual o auditiva de nutriente puede ser considerada como 'oral', está limitada por el contexto técnico y la coyuntura económica o geográfica.

No deseo demostrarles con ello pesimismo, sino aclararles conceptos a menudo mal utilizados y que hacen a la seriedad de nuestra actividad. Pues nuestra "proyección tradicional" es de igual calidad difusora que la tradicional al evidenciarse en la estructura zig-zag.

Analicemos pues los conceptos:

Podemos hablar de un folclore 'transplantado' (en nuestro caso, intercontinental), propio de las ciudades cosmopolitas. Me refiero a todas aquellas expresiones folclóricas que han sido trasladadas de su propio ámbito geográfico y cultural a otro ambiente ajeno, donde dichas expresiones son cultivadas por personas, familias, o círculos, por causas ideológicas o sociológicas.

Este folclore transplantado tampoco puede llamarse 'regional', pues precisamente ha sido desarraigado de su ámbito nativo.

Podemos hablar entonces del "Folclore de Proyección Tradicional". Según A.R.Cortázar "fuera de su ámbito geográfico y cultural; por obra de personas determinadas o determinadles; que se inspiran en la realidad folclórica; cuyo estilo, formas, ambiente, o carácter, trasuntan y reelaboran en *sus* obras; destinadas al público general, preferentemente urbano; al cual se transmiten por medios técnicos e institucionalizados; propios de cada civilización y de cada época."

"Dignamente expresadas, prestigian el folclore de un país y destacan su personalidad colectiva... A la inversa, las expresiones chabacanas e irresponsables conspiran contra el patrimonio espiritual de la nación;

ciertos espectáculos de tono circense o carnavalesco." Conceptos estos que no distan mucho de nuestra realidad colectiva.

En nuestro caso, los descendientes de inmigrantes o los mismos inmigrantes se manifiestan en un espectáculo previamente organizado, y ya no es "uno del común" sino alguien perfectamente identificado que debe exhibir cierta 'calidad artística' en la representación del patrimonio colectivo.

El Folclore Literario.

Al utilizar los cronistas medievales la escritura, y recopilar gran parte de las leyendas célticas dispersas -caso de Gales e Irlanda-, la hasta entonces literatura folclórica pasó a ser proyección, es decir, folclore literario, donde las formas originarias fueron en algunos casos muy retocadas. El carácter principal de la literatura folclórica es su transmisión oral, y los druidas nunca antes emplearon lengua escrita.

La excepción de las inscripciones denominadas 'Ogham' dista mucho de ser verdadera fuente de recopilación tradicional.

Fieles a la palabra creadora y a la memoria, los druidas se resistían a depositar su saber en forma escrita. De igual forma los bardos, más tarde desplazados por los Filí o Poetas, eran los encargados de hacer de esta tradición oral su vida, al igual que el 'Cyfarwydd' o "Shanachie" historiador y cuentista.

El folclore literario comprende todas aquellas compilaciones que presentan el material narrativo vigente en la vida de un pueblo en prosa o en verso. Se trata pues de la obra de folcloristas o ensayistas que logran una cierta forma preservar ese bagaje tradicional.

Pero existen también escritores y poetas que crean sus obras sobre los motivos y estructuras tradicionales, acorde a cierta actitud estética, espiritual, y estilística.
Estas obras constituyen creaciones artísticas originales y no meras imitaciones, son actos de creación únicos que se contraponen con un proceso de aros de elaboración.

Tanto las compilaciones como estos trabajos de proyección son válidas, que contribuyen en definitiva a la formación del sentir nacional, su introyección y aceptación general o regional, ya sea en el mismo ámbito donde se originó o en otro distinto.

Observamos pues dos figuras: El folclore literario, compilaciones y obras de autores sobre base tradicional; y la Literatura Folclórica, narrativa y poesías de transmisión oral.

Una vez lograda la 'connotación popular" estamos en presencia de un proceso inverso, donde el folclore literario se transforma en un patrimonio tradicional, empírico, oral, funcional, y colectivo. Las fuentes, creativas nutren así corrientes anónimas tradicionales. De no lograrlo, permanecen como folclore literario o proyecciones.

Esta estructura zig-zag de la que hablaba antes, conformada por ascensos del folclore a la proyección y su correspondiente retorno a éste, a lo que se supone fuente de origen. Ello suele implicar a veces períodos de siglos, generando incluso retornos en otras regiones e idiomas disímiles del original. Tal es el caso entre otros, de los cuentos de Andersen o los hermanos Grimm.

Según A.R.Cortázar, se pueden distinguir dos variantes:

1) Las que mencionan, describen, narran o incorporan textualmente supersticiones y creencias, costumbres y fiestas, cuentos y leyendas, cantares y refranes, y en general elementos que pueden provenir de cualquiera de los tan variados campos del folclore.

2) Las que *no* necesitan esta incorporación, pues el elemento folclórico es sólo punto de partida, núcleo sugerente de un clima, de una atmósfera que el escritor crea como recurso de estilo, y cuyo origen puede pesar inadvertido para el lector profano en estas cuestiones.

Se da el caso del folclore en función de los estilos literarios, donde las concepciones artísticas se interponen entre el autor y el folclore, dejando éste último de ser objeto de la creación, sino un medio sugerente para concebir corrientes románticas, realistas, naturalistas, modernistas, etc. Y peor aún, costumbrismos, o tradicionalismos. Cuando esto mismo ocurre a los críticos, se produce el percance de las interpretaciones antojadizas, por ignorancia del verdadero motivo que sirve de fundamento, sobrentendido o implícito.
Un hecho curioso se da en los cronistas de la Galia Romana, donde las fuentes que nos llegan están imbuidas de mitología céltica internalizada e interpretada subjetivamente en sus observaciones. Tal es el caso de dioses celtas con investidura romana, e incluso leyendas tomadas como hechos verdaderos (Tácito, La Batalla de los Árboles.)

De todas maneras, siguen constituyendo para el investigador erudito, fuente inexcusable para comprender el folclore y mitología de nuestros antepasados celtas. Además, gracias al método logrado por Jorges

Dumezil, hoy podemos desentrañar lo céltico que hay en aquél Júpiter, Hércules, o Mercurio, citado en las crónicas.

Desde el punto de vista temporal, en el folclore literario y la literatura folclórica se da una conjunción de motivos que coexisten a través de diferentes períodos, motivos o costumbres que encierran tradiciones locales anteriores a ella.

Desde el punto de vista geográfico, muchos de los cuentos y poemas (por ejemplo, los americanos, que fueron introducidos con la conquista hispana quien a su vez incorporó en algunos casos desde España vía Oriente.)

Asimismo los arquetipos culturales cristalizados en un motivo tradicional, son elementos constantes en distintas culturas de diferentes continentes, donde el inconsciente colectivo reacciona de igual manera ante hechos similares, donde las formas del pensamiento mágico encadenan de igual manera los motivos tradicionales en leyendas procedentes de distintos lugares de origen.

Desde el punto de vista cultural, las costumbres vigentes en estratos sociales refinados pasan a través del tiempo y la transculturación tiende a folclorizarse dentro de estratos más bajos. Además un relato que trasciende fronteras culturales es difícil que prospere bajo su concepción originaria, de igual manera las leyendas. Cambios que son reflejo de la propia asimilación cultural que podrá ser ajena o no a ese pueblo.

Diferencias entre el cuento y la leyenda.

Existe una tendencia generalizada a confundir el concepto de cuento y leyenda. Podemos decir que el cuento constituye una forma más culta y elaborada, como los romances, estructurada según ciertos procesos narrativos.

En realidad, mientras los cuentos constituyen una forma de "folclore literario", las leyendas retienen su simpleza y forma oral como 'Literatura folcldrica', en las que según Luis Carre Alvarellos (2) "lo sobrenatural jamás se confunde con lo fantástico y maravilloso", siendo lo sobrenatural parte esencial de la narrativa. Sin embargo adopta el concepto único de 'Cuento' para sus recopilaciones, *a* diferencia de su hermano Leandro quien adopta el de 'Leyenda'.

Tanto el cuento como la leyenda popular tienen igual origen. Surgen del hábito de referir un suceso determinado. En la leyenda priva lo mítico y sobrenatural. En el cuento priva lo fantástico. En la leyenda priva la simpleza narrativa. En el cuento un estilo más trabajado, producto quizá de la aceptación popular de ciertas obras de 'Folclore literario' pero con total sentido de lo natural y espontáneo, del lenguaje y colorido regional.

El colorido regional proviene de la conjunción de factores psicológicos comunes a todos los pueblos y tiempos, acordes a un ambiente físico. De ambos factores resultan semejanzas entre pueblos de la misma etnología y con géneros afines a determinados paisajes geográficos. Tal el caso del pueblo celta.

Podemos concluir diciendo que la leyenda posee una localización espacio-temporal, y donde si bien concurren elementos sobrenaturales no requiere del sustento ritual que acompaña a los mitos. Pero transmite esas concepciones del pensamiento mágico por lo que posee un fin trascendental y provechoso.

El cuento no posee una localización espacio-temporal. Los elementos fantásticos que en él concurren son con un mero fin recreativo y de entretenimiento, por lo que no poseen fin trascendental como el de la leyenda.

El Cuentista.

Es común entre mucho recopiladores de cuentos y otras materias de la literatura popular, no preocuparse demasiado de quién las recogen, ni las circunstancias en que fueron regidas. Todo ello sin percatarse que no tiene el mismo valor literario un cuento, pidiéndole a cualquiera que nos lo diga entre el rumor de un molino, o cuando las personas bromean para pasar el rato, o cerca del fuego hogareño durante los largos inviernos celtas.

Debido pues, a que las circunstancias y el ambiente influyen en la clase de relato y forma de expresarlo. Momentos en que surgen varias versiones con sus respectivas variantes según la cantidad de interlocutores.
Además creo que nunca se obtendrá una buena muestra del arte tradicional sin antes entablar amistad, o dejar de ser un extraño para el cuentista. No olvidemos la incidencia del lenguaje, modismos, y conducta de un hombre de campo y uno de ciudad. Creo que es muy difícil hallar un cuentista celta dispuesto a narrar frente a un extraño, y más aún a falta de ambiente, o a pedido de éste.

Esta falta de carácter del recopilador deriva siempre en relatos defectuosos, y versiones desprovistas del verdadero sentido de los 'motivos' que hacen a la leyenda, debido en parte a la deformación o mala interpretación de la técnica narrativa y el lenguaje con que se pretendió recopilarlos.

Luis Carre Alvarellos (2) entiende por cuentistas "A toda persona aficionada a contar cuentos, dotada de una disposición natural para hacerlo, que además se deleita contándolos. Llega a poseer un arte adquirido con la práctica, ajeado por su propia poética que hace a sus narrativas muy superiores y mucho más correctas que las de la generalidad, privada de aquellas facultades, pues si esa generalidad puede referir el cuento por conocerlo a la perfección, no siempre atina a conferirle gracia."

Estando a veces, desprovista de la intención, fuerza expositiva, o forma de modula las palabras, lo que hace a un cuento o leyenda muy distinto de lo que debería ser.

Vemos pues que el cuentista es un verdadero artista, es quién preserva las leyendas, cuentos, e incluso poesías de generación en generación. Esto es una función típica de varios cuentistas celtas, donde el ejercicio de la memoria les lleva años de acumulación de ese bagaje tradicional tan preciado, teniendo hoy grandes expresiones en el "Cyfarwydd" galés, o el 'Seanachie' irlandés, gracias a sus técnicas de entonación y efectos de lapsos de acorte o prolongación de motivos, imprimiendo variadas inflexiones con verdadero arte.

Muchas veces ésta poética y riqueza estilística es difícil de trasladarla al papel, aunque existen casos como el del Mabinogion -conjunto de relatos galeses redactados en lengua galesa del S XI al XIII- donde el mismo recopilador advierte: "Esta historia se llama el Sueño de Rhonabwy (3). Bardo o relator de cuentos, no puedes saber el Sueño sin libro, a causa del gran número de colores de los caballos, la variedad de colores raros de las armas, vestimenta, capas preciosas y piedras mágicas."
Según estén conformadas las reuniones, varía la actitud del cuentista, quien adapta su repertorio según las edades o conocimientos de los presentes. A veces suele haber en estas reuniones más de un cuentista, entre los que se establece cierta competencia.

Entre los pueblos celtas es muy común la utilización de fórmulas para comenzar y finalizar un cuento.

Tal el caso de Galicia: "Cuéntase...","Hubo una vez...". "Dicen que una vez...","... colorín colorado, /mi cuento está terminado./Que cuente otro/ quien tengo al lado."

En Irlanda: "Sucedió hace tanto tiempo, que de haber vivido por ese entonces, no estaría aquí para contárselos.", "... y el joven y la doncella se casaron, y la fiesta duró nueve noches y nueve días, y la novena fue mejor que la primera, yo estuve allí para contárselos. Me fueron obsequiadas medias de papel y calzado de manteca, y caminé hasta la luna, y regresé con ellos."

El método y la técnica folclórica.

Existe una realidad que no puede ser desechada, el folclorista debe realizar sus estudios desde una perspectiva metodológica, desde una base que sea síntesis de una doctrina científica. De ahí que se considere al Folclore como una ciencia que estudia los fenómenos culturales.

Es de notar que los movimientos culturales a través de la historia dieron mayor, menor o casi ninguna importancia al bagaje tradicional, por considerarlo en algunos casos, de carácter vulgar. Fue en definitiva el Romanticismo quién fomento el resurgimiento de lo nacional y popular.

No olvidemos la labor de Elías Lônrot quien por el 1835 recopila 32 cantos y 1200 versos tradicionales fineses bajo la gran epopeya mítico-heroica del Kalevala. Fue precisamente esta escuela romántica de Finlandia -víctima de la dominación sueca desde el S.XI-, la promotora de un verdadero conocimiento de la lengua y tradición finesa. Desarrolla así, uno de los métodos más efectivos para el estudio del folclore: El método histórico geográfico.

El Kalevala serviría luego como base para que el estudioso Julius Krohn iniciara el método que perfeccionaría años más tarde su hijo Kaarle, bajo el nombre de: El Método Folclórico. Kaarle funda la Federación de Folcloristas, la cual adquiere un reconocimiento internacional gracias a su afán de preservar las investigaciones en una serie de publicaciones monográficas titulada "Comunicaciones de la Federación de Folcloristas".

Pero este método folclórico si bien es de gran utilidad en literatura folclórica, no es aplicable a otras manifestaciones tradicionales que requieren pues de otros métodos.

Fue Stith Thompson, de la Universidad de Indiana, Estados Unidos, quien rescató y dió mayor amplitud al método finés. Thompson elaboró dos grandes obras: "Los Tipos del Cuento Folclórico" –estudio basado en un catálogo preparado por Antti Aarne-, y la increíble serie de seis volúmenes titulada: "Índice de Motivos del Folclore Literario; Una Clasificación de la Narrativa en Cuentos Folclóricos, Baladas, Mitos, Fábulas, Romances Medievales, Acertijos, y Leyendas Locales" editados entre 1932 y 1936, ampliados con el correr de los años.

Es precisamente sobre estas dos obras de Stith Thompson que analizo las leyendas citadas en el Capítulo VI del presente libro.

CAPITULO II
" *El Trasgo (Esbozos de Mitología Feérica)*"

- Caracteres Generales
- El Trasno o Trasgo Gallego
- El Trasgu o Trasgo Asturiano
- "Hadas, Gnomos y Duendes" vs. "Gente Feérica".
- Nombres Eufemísticos
- Teorías acerca del origen de las creencias en lo feérico
- ¿Puede incluirse al Trasgo dentro del Folclore Feérico?
- Nombres Eufemísticos
- Paralelismo en las concepciones del origen de los seres feéricos y el trasgo
- Funciones del trasgo que lo identifican con otros seres feéricos
- Conclusión
- Leyenda del Trasgo Asturiano: "Ux, que me quemé "
- Leyenda del Trasgo Gallego: "Todos andamos de casa mudada"

Caracteres Generales.

La figura del Trasgo está muy ligada a la del Duende de los escritores del Siglo de Oro español, y según he comprobado, el Duende es término privativo de España y Portugal. Podría interpretarse el vocablo "Trasgo" como "Trasgresor", y en realidad este personaje es capaz de irrumpir en cualquier hogar quebrantando la calma con sus actividades nocturnas.

Joan Corominas le atribuye al término 'Trasgo' origen incierto; le parece derivado del antiguo verbo "Trasgreer": "hacer travesuras", del latín Transgredí: cruzar, excede cometer infracciones. Supone que el 'Trasno' de Galicia ('trasnada': travesura) son por influjo del antiguo 'Tresnar: arrastrar' o de galicismo 'Trasnoitar: trasnochar' o por los dos. De trasgo se pasaba fonéticamente a 'Trargo', que podía resolverse en "Targo" o "Trago", y ahí intervenían otras etimologías populares: la relación con el portugués 'Tradot: taladro' (recuérdese la predilección del trasgo por toda clase de herramientas) o la antífrasis 'Tardo: tardío' que al mismo tiempo se justifica por las horas tardías de la noche en que aparece el trasgo.

Con referencia al término 'Duende', según Corominas, se trata de un 'espíritu travieso que se aparece fugazmente', por lo común 'el espíritu que se cree habita en una casa'; significó antiguamente 'dueño de una casa', y es contracción de 'dueño de casa' donde la primera palabra es forma apocopada de 'Dueño'.

La figura del Trasgo se confunde muy a menudo con tres espíritus distintos:

a) El Trasno (gallego para Trasgo); El Trasgu asturiano; El Duende castellano: .. Se trata de un espíritu doméstico de actividades nocturnas.

b) El Diablo Burlón: Es quien vaga por los campos y caminos solitarios: altas horas de la noche. Por lo general aparece bajo forma de animales sorprendiendo y engarrando a los caminantes.

c) El Tardo: Espíritu travieso a quien se le atribuyen las pesadillas nocturnas. Es de carácter semejante al Trasgo, es muy pequeño pero pesa mucho. Se lo suele recrear sentado sobre el pecho de los que duermen, causándoles angustias y sueños pesados. Curiosamente en Portugal le llaman 'Pesadelo'.

El Trasno o Trasgo Gallego.

Según Vicente Risco (4) se trata de un demonio que aparece en la forma de trasgo cuando entra en las casas, o bajo formas de animales conocidos o no durante la noche en campos o caminos.

Además de su función de dar chascos y burlas se dice que hace pecar a la gente, tal el caso de hallar mesas o banquetas con las patas hacia arriba o las zocas dadas vueltas (5) También miente y engaña a los hombres.

Algunos autores le establecen cierta función de cargar culpas ajenas. Hasta el momento he encontrado leyendas que supone lo contrario, es más, atribuirle culpas al trasno es motivo de hacerle abandonar la casa en que habita. (6)

El trasgo tiene dificultad para contar, y este defecto es un buen remedio para deshacerse de su presencia cuando se le obliga a contar granos.

Ello se explica de varias razones: Tiene un agujero en cada mano; al recoger la simiente no quiere perder siquiera un grano, y como son tantos la luz del día puede sorprenderlos; es tan curioso que desea saber cuántos granos hay, pero no sabe contar más de diez, de modo que al pasar de diez pierde la cuenta y debe empezar otra vez y así transcurre la noche (7) .

De esta manera, se le hace prometer que no hará más travesuras o de lo contrario se lo dejará librado a la luz del día.

El Trasgu o Trasgo Asturiano.

Participa de similares características del Trasno aunque posee *a* diferencia de éste un agujero en la mano izquierda y no en ambas, más relacionada quizá esta característica con la zona del inconsciente.

Según A. de Llano Roza de Ampudia (8) existen tres formas de esconjurar al Trasgu. Hacerle traer un 'paxu' (cesta plana) lleno de agua de mar; Coger del suelo medio copón de linaza; Poner blanca una pelleja de carnero negro. (9)

¿Puede incluirse al Trasgo dentro del Folclore Feérico?.

Creo no estar del todo equivocado al afirmar que el Trasgo es un Miembro Solitario de la Gente Feérica, pues existe cierta evidencia que le atribuye alguna característica común a estos entes.

Para probar esta afirmación es necesario abordar algunos esbozos sobre mitología feérica.

Nombres Eufemísticos.

En Galicia: O demachiño, o pecado, o das zapatillas.
En Asturias: trasno (zona occidental) , también como Gornín y Xuan dos camíos. Hay quien lo llama Pisadiel de la Mao Furada.

"Hadas, Gnomos y Duendes" vs. "Gente Feérica".

Con el surgimiento del Romanticismo, y luego con el devenir de las corrientes seudo-celtistas, muchas recopilaciones de leyendas y otros materiales afines han sido rotuladas bajo los distorsionantes "Cuentos de Hadas y Duendes"; "Cuentos de Gnomos"; siendo aplicados estos ejemplos a leyendas tradicionales de pueblos celtas. Debemos ser rigurosos al respecto y no caer en errores conceptuales.

El término 'Hadas' se concentraría en aquellas mujeres famélicas o hermosas, con cierto encanto sobrenatural y poderes adivinatorios o mágicos. Los 'Hados': aquellas deidades de poder irresistible sobre los hombres, que en definitiva son la personificación del Destino.

Ya en la Grecia Antigua nos encontramos con las tres Fatas; Clotho, Lachesis, y Átropos. Estas asistían al nacimiento de un niño y predecían su vida, una hilaba el hilo de la vida, otra formaba la madeja, y la tercera lo cortaba.

Esto nos lleva a Escandinava con las 'Nornir' o Nornas: Udr, Verthandi, Skulld (Pasado, Presente,Futuro) algo así como la trilogía del Destino. Pero la Edda nos dice que hay varias clases de Nornir.

Las que predicen la vida del recién nacido son de la raza de los dioses, pero también las hay de la raza de los 'Alfs', y de la raza de los 'dwarfs'. El término 'Alf' permanece hoy en los lenguajes teutónicos.

Los Daneses tienen 'Elv', pl. 'Elve'; los Suecos 'Elf, pl. 'Elfvar'm, 'Elfvor'fem. Los Anglo-Sajones tomaron 'AElf fem. y pl. 'AElfen'. Ya en idioma inglés nos llegan Elf, Elves, Elven, y sus derivaciones. Este término Elf o Elfo, pariente de 'Alf' es muy utilizado en la clasificación de ciertos personajes de la mitología feérica, incluso céltica.

Los 'Liosálfar' o 'Elfos de la Luz', son los que viven en el ambiente natural, en el aire, en los bosques, pero no en el fuego ni el agua. Son Buenos Elfos.

Los 'Dôckálfar' o 'Elfos de la Oscuridad', son los que viven bajo tierra, son Elfos Malos, conocen de los secretos metalúrgicos y causan daño a los hombres. Esta tendencia a separar lo bueno de lo malo se evidencia aún más en el caso de la 'Seelie Court' (Corte Bendita) y la 'Unseelie Court' (Corte Maldita) del folclore de Escocia. Dentó de los 'Unseelie' encontramos una serie de seres malevolentes y solitarios, y hallamos a la 'Hueste' o 'Sluagh', de cierta similitud con nuestra 'Santa Compañaı en Galicia y la 'Güestia' en Asturias.

El término "Hada" se utiliza para un individuo específico, y no es extensivo a todos los miembros del reino feérico. Sus poderes adivinatorios semejan al de las fatas griegas y las nornas escandinavas, aunque originariamente las 'fees' o 'Hadas' eran espíritus de la naturaleza y la fertilidad, de larga vida y poder para cambiar de forma y hacerse invisibles.

Han sido también asociadas a la figura de antiguas sacerdotisas druidas. Son las "Damas Blancas", hermosas mujeres de largos cabellos y blancas túnicas.
Según su hábitat poseen funciones específicas. Se las halla en los bosques, como custodias de árboles, flores y animales salvajes; en las planicies, asociadas a los dólmenes; en los campos, con cierta función de nodrizas y en definitiva de fertilidad; en cuevas o bajo tierra, como guardianas de tesoros. También existen creencias en Hadas de la

Neblina, del Agua y del Viento, aunque serían formas derivadas de elfos atribuidos originariamente a dichos elementos.

Las leyendas nos hablan de las 'Korrigan' en Bretaña; las Donas y MOURAS en Galicia; las 'Xanas' en Asturias; las "Painen" y 'Weisse Prauen" en Alemania, Austria Holanda, y parte de Dinamarca; las Fadas en Portugal; las 'Fadhas' en Suiza.

El término "Fada" que ha prosperado tanto en Galicia, no se debe emplear para traducir al castellano 'Hada', ni tampoco al francés 'Fee'. El término gallego "fada" en castellano equivale a 'Hado' o 'Suerte', también a 'Paulina' y a 'Maldición'.

'Fada' sería algo así como la personificación de 'Hado o Destino', la cual no corresponde, pues el folclore gallego posee los términos de 'Dona', 'Dama', 'Doncela' utilizados originariamente para referirse a las Hadas.

En Irlanda nos encontramos ya con personajes específicos como la 'Lhiannan-Sidhe' cuya seductora belleza es causal de locura. En Gales, existen las'Gwagged Annwn' como Damas Lacustres, creencia con prolongación en Bretaña y Escocia.

En cuanto al término 'Feérico' en castellano, deriva del francés "féerique". La utilización errónea de 'hada" en castellano, deriva en parte del mal empleo del término inglés "Fairy". Entre los mitologistas celtas ha prosperado la utilización de 'Faerie' como tardío de 'Fay", supuesta generalmente como forma ecléctica de 'Fata' en latín, de donde 'Faerie' nos llega a través de 'Fay-erie', o sea el 'Encantamiento de los Feéricos'.

Ha prosperado también, la utilización del término "Gente Diminuta", aunque no todos los seres feéricos son diminutos.

Dentro de la población feérica, estarían incluidos tanto los Elfos Anglo-Sajones; los Daoine Sidhe de Irlanda, Los Tylwyth Teg de Gales, los Seelie y Unseelie, y la Gente de la Paz en Escocia; las Korrigan y Korred en Bretaña; las Donas y Encantos de Galicia; las Xanas, Trasgus, y Cuelebres, por extensión en Asturias; entre otros.

Nombres Eufemísticos.

La Gente Diminuta, La Gente Pacífica, El Pueblo Bondadoso, Los Olvidadizos, los Buenos Vecinos, los de la Tierra del Ocaso, Los que se esconden, Ellos, Ellos mismos, La Gente Honesta, etc.

El término 'Duende' se utiliza para un individuo específico y no es extensivo para todos los miembros del reino feérico. En Galicia se conoce bajo el nombre de Trasno y en Asturias, Trasgu, entre otros, eufemísticos.

El término 'Gnomo' se utiliza para un individuo específico de un folclore ajeno al céltico. La creencia enlos Gnomos deriva de una ciencia muerta la doctrina Hermética y Neo-Platónica, la cual decayó ante el surgimiento de la ciencia empírica en la época renacentista.. Según la doctrina, cada elemento natural posee un único miembro: el agua, las nereidas; el aire, los Silfos; el fuego, las Salamandra; la tierra, los Gnomos.

El alquimista suizo Paracelsus, adhería a ésta doctrina en el S. XVI. Consideraba a los Elementos de la tierra bajo el latín 'pygmae' a quienes también se refería como 'gnomi', o 'gnomus' en singular. Puede hallarse cierto parentesco céltico en los 'Golpeadores' de las minas de Cornualles, y en los Elfos Oscuros.

Los 'Gnomos' permanecen en algunas leyendas del folclore germano, el que en definitiva ha influenciado en la creencia de los 'Enanos' guardianes de Tesoros bajos tierra o en cuevas, del folclore gallego. Pero en defintiva el Gnomo no es originario dentro de las creencias célticas.

Teorías acerca del origen de las creencias en lo feérico.

Existen tres teorías generalizadas:

1. - La primera según Jane F. Wilde (10) concibe a los seres feéricos como ángeles caídos, es decir, demonios menores, demasiado buenos para el Infierno y demasiado malos pra el Paraíso":
Algunos cayeron en tierra, y quedaron a morar allí, mucho antes que el hombre fuera creado, como los primeros dioses de la Tierra. Otros cayeron en el mar." Esto lo explica como algo post-cristiano que se ha dado especialmente en Irlanda y otros países celtas.

Tal como apunta V.Risco (11) muchos dioses o seres antiguos superiores, pasan a la religión cristiana como potencias del mal. "Cuando una religión cambia, aquellos mitos tienden a desmenuzarse, procuran protección, de un modo o de otro, introduciéndose en la nueva religión, o quedan como leyendas o supersticiones, mucho más cuando no fueron puestas por escrito."

Katharine Briggs (12) expone dos teorías más y nos dice que en realidad, lo que importa al folclorista no es si estos mitos existen empíricamente o no, sino la prueba de su actual permanencia entre las creencias del común de las personas.

2. - La segunda sería entonces la que liga a La Gente Feérica con el alma de los difuntos, creencia que se remonta a tiempos pre-cristianos, o al menos de influencia cristiana en zonas célticas. Robert Kirk (13) nos dice que la forma diminuta de muchos de estos seres bien tiene relación con la concepción medieval del alma como una réplica en miniatura del hombre mismo, la cual podría emerger de éste en estado de sueño o de inconsciencia. De no poder regresar, el hombre moría.

3. - La tercer teoría es la de los Dioses Diminutos, quienes fueron disminuidos en poder y estatura (en realidad son miembros del propio Tuatha de Danann, El Pueblo de la Diosa Danu o Dana).
Es el caso de los 'Daoine Sidhe' en Irlanda. Los 'Tylwyth Teg' o la 'Gente Hermosa' en Gales, son considerados espíritus de la naturaleza, y los 'Muryans' de Cornualles son Gente Diminuta a quienes llaman 'Hormiga'. Se los considera como las almas de aquellos adscriptos a la segunda teoría quienes gradualmente cambian de tamaño hasta convertirse en una hormiga, luego de lo cual desaparecen y nadie sabe qué habrá sido de ellos. Entre los Daoine Sidhe, las constantes transformaciones bajo la forma de pájaros y otros animales, les va restando tamaño y con el transcurrir del tiempo desaparecen por empequeñecimiento.

Estas tres teorías nos llevan a pensar en cierta forma de preservación de la antigua mitología céltica ante el avance de la fe cristiana. Es decir, la manera de conservar antiguos ritos y creencias bajo un mundo sobrenatural para la visión cristiana, pero muy real para los campesinos celtas de hoy. La manera de plasmar los arquetipos y explicarlos a través de los fenómenos del mundo que los rodea.

Creo que es momento de preguntarse qué ha sido del Mundo Feérico... ¿ha desaparecido de las creencias presentes de los pueblos celtas?.
Como expresé más arriba, estoy convencido de su actual vigencia entre los celtas que aún permanecen directa o indirectamente en contacto con la naturaleza. Los que se han mudado a las ciudades en cierta forma han engrosado nuevas concepciones que despojan todo sustrato feérico a sus actuales visiones del mundo.

Fenómenos como la transculturación, la tecnología, el pasotismo, han contribuido en definitiva a quebrantar ese 'pensamiento mágico' en la mayoría de las personas deL sustrato celta.

Nancy Arrowsmith (14) nos cita a W.B.Yeats para luego adherirse a mi forma de pensar: "... toda la naturaleza está repleta de gente invisible... (a los ojos de quienes no logran ver)... algunas son feas y grotescas, algunas perversas y tontas, muchas de belleza superior a la jamás vista, y... las bellas no están tan alejadas mientras caminamos por lugares tranquilos y placenteros."

"En nuestro tiempo puede parecer irrelevante hablar de viejas creencias paganas, de elfos y seres del folclore. ¿Pero no hay algo de verdad en estas antiguas historias?.

En nuestra incesante búsqueda por una forma moderna de vida, hemos desechado la dura existencia del pueblo por aquella de la ciudad, hemos olvidado los nombres de los elfos y desfigurado la tierra con nuestras herramientas y maquinarias. No hemos mudado de ciudad en ciudad en busca de ganancias y con cada mudanza hemos crecido menos sensibles a los matices de la naturaleza. Ya no podemos contemplar elfos con los ojos de nuestros hijos o visionarios.

En cambio, leemos acerca del 'Leprechaun' (15) y reímos de la simplicidad de las personas que pueden creer en él... Ahora que la gente diminuta ha retrocedido al avance del hombre, sus ruidosas ciudades y ríos contaminados, se nos dificulta tomar contacto con ellos... aunque pueden ser descubiertos algunas veces en el campo, en la cima de montañas, en casas desiertas, en ríos y planicies... aparecen como beldades iridiscentes o tullidos ancianos con joroba, como cabras, orugas, piedras, plantas y aún como jirones de viento..."

Paralelismo en las concepciones del origen de los seres feéricos y el trasgo.

Existe entre ambos un punto en común: su concepción como ángeles caídos, y en defintiva como demonios menores.

Thomas Keightley (16) cita unos versos de un celebrado poeta español sin hacer mención de su nombre, donde se le atribuye al "Duende" (tipificación castellana para el 'Trasgo' céltico) origen feérico como Ángel Caído: "Disputase por hombres entendidos/ si fue de los caídos este duende."

Calderón, en su obra "La Dama Duende" hace referencia a la costumbre feérica de entregar a los mortales dinero o tesoros que relucen un instante mientras dura la dicha, para luego convertirse en piedras u hojas secas, (recordar las leyendas acerca de nuestras Xanas y Encantos): "Duendecillo, Duendecillo, /quienquiera que sea o fueras, / el dinero que tú das/ en lo que mandares vuelve."

Esto lo confirma Cervantes en "El Quijote": "Los tesoros de los caballeros andantes son, como los de los duendes, aparentes y falsos."

Funciones del trasgo que lo identifican con otros seres feéricos.

Es difícil echar al trasgo fuera de casa salvo que se lo conjure o se aleje por sí mismo (17) para realizar sus travesuras domésticas en otro sitio.

Semejantes figuras de este burlador son el 'Hinzelmann' germano y los 'Follets' de Mallorca, Córcega, Bélgica y Suiza. Aunque a diferencia del trasgo, el follet no puede ser exorcizado con agua bendita, sólo el acero templado es efectivo. De igual manera sucede con los Korred bretones. El 'Lutin' o 'Nion Nelou' domésticos se mudan cuando los dueños lo hacen, o sólo cuando éstos mueren.

Las tareas nocturnas del trasgo consisten en causar ruidos molestos, mover muebles, desordenar la vajilla, estropear la cena, etc. En definitiva, causar estragos aparentes con el fin de despertar o fastidiar a los dueños de casa.

El Padre Fray Benito J.Feijóo nos dice en su obra "Teatro Crítico" Tomo II, que en realidad se trata de algún sirviente bribón que tiene razones para cuasar destrozos a la familia que sirve y busca excusas en la figura del Trasgo. Esto contradice las leyendas que he leído en las que como mencioné antes, los destrozos causados por el trasgo no redundan en daño material alguno, por la mañana las cosas siguen en igual sitio y estado.

Esta función de causar ruidos molestos se da también en el 'Poltersprite' un espíritu doméstico golpeador, causante de los ya famosos "poltergeists", fenómenos con base folclórica antes que ocultista.

Sus golpes y disturbios anuncian también la muerte de uno de los miembros de la casa en que habitan. Se los conoce en toda Europa. Otros anunciantes son los 'Golpeadores' de las minas de Cornualles, que previenen de derrumbes y desastres.

Algunos miembros solitarios de la Gente Feérica como el 'Brownie' de Escocia y el 'Bwicod' de Gales, viven largo tiempo en las casas. Mientras son bien recompensados se dedican a realizar tareas domésticas, aunque no olvidan fácilmente a los dueños egoístas y su venganza es violenta. Caso similar con el 'Nis' danés, el 'Kobold' alemán, el "Hobgoblin" inglés, y el "Pulpican" bretón.

No he tomado nota hasta el momento de que el trasgo realice tareas domésticas, quizás las realice cuando está de buen humor, ¡ y muy pocas veces parece estarlo!. Un pasatiempo predilecto del trasgo es trenzar las crines de los caballos, de igual manera que los 'Pixies' cornualeses, quienes los asustan y cabalgan toda la noche.

Conclusión.

Teniendo la figura del trasgo similitud en cuanto a concepción y funciones con otros seres feéricos, considero su inclusión como Miembro Solitario, pues hasta el momento no he hallado leyendas que demuestren la creencia en comunidades de trasgos domésticos que permitan otorgarle otra categoría.

Leyenda del Trasgo Asturiano: "Ux, que me quemé".(*Duyos, Concejo de Caravia.*)

Vivía en Duyos, Concejo de Caravia, un matrimonio sin hijos. En las noches de invierno, después de tomar la cena, el marido se retiraba a 'conceyar' (conversar familiarmente) a casa de un vecino y mientras tanto, su mujer amasaba una torta y la ponía a cocer en el llar. Durante la cocedura de la pasta la buena mujer acurrucábase sobre un 'riestru' (especie de cojín formado con las ristras luego de quitarles las panojas) y comenzaba a hilar copos de lino.

Cuando la torta estaba a punto de cocción el trasgu no daba tiempo a la buena mujer para retirarla del llar, bajaba velozmente por los 'calamiyeres' (cadena que pende del 'torzanu': pescante que montado en la pared gira sobre el llar y sirve para sostener sobre el fuego potes y calderas) y marchaba por el camino que había traído diciendo:
-"Jajaja, que te la llevé!".

Esto ocurría noche a noche sin que la mujer pudiera atreverse a devolverle la broma. Enterado el marido de esto se puso de acuerdo con su mujer para quedarse hilando en lugar de ella y vestido con sus ropas.

Pero en vez de torta colocó una piedra plana cubierta con un poco de masa. Al asomarse el trasgu por la baranda de la curia quedó sorprendido al ver que la hilandera tenía ahora barba. Sin atreverse a entrar, dijo ahuecando la voz:
-¡Oye! ¿Tienes barbes y files?
-¡Sí! . Replicó" el dueño de casa.
-¿Piles y non salives?
-¡Sí!
-¿Quieres que coja la torta?.
-Tómala si quieres.
Entonces el trasgu hecho mano pero en vez de la rica torta se encontró con la piedra ingriente y se alejó soplando sus manos y diciendo:
-Ux, que me quemé!

El trasgu se dio por vencido y nadie supo más de él ni de sus travesuras.

Leyenda del Trasgo Gallego: "Todos andamos de casa mudada".*(San Xian de Sergude -Carral - La Coruña.)*

No se hablaba de otra cosa en la parroquia... Marica, la joven de la tía Antona do Curro, aquella moza grande y fuerte como un roble, de un rubor de cereza que daba gusto ver, quien todos los mozos codiciaban, ya no reía; ya no cantaba en el prado cuando iba por la hierba. Desfallecía a cada paso, y precisamente parecía que un mal extraño la poseía.

"Tiene la sombra" -decían algunos- "No, es el cansancio" decían otros. Lo que tenía la afligida joven era que no dormía, no tenía tranquilidad, perdió la calma.

Por las noches, al acostarse, cuando apagaba la luz del candil, al poco de dormir despertaba sorprendida: se oían ruidos extraños en la planta alta. La primera vez, creyó que era el ganado forcejeando en el establo, mas pronto, reparó que tenía una persona al pie de su almohada, no podía distinguir en la oscuridad. Sintió cómo aquello respiraba y la pobre atemorizada, dio un salto y emprendió la huida, y sintió bien claro, como si anduviera un niño haciendo travesuras...

Transcurrió el tiempo. Ya la joven se había acostumbrado a los ruidos molestos cuando al trasgo, pues no era otro, ¡Dios me guarde!, le dio por brincar en el lecho, pellizcando sus mejillas, se acariciaba en ella y soplaba en sus ojos si se dormía.

Y otras veces, cuando la joven despertaba pronto, se le sentaba encima del pecho y no le dejaba respirar.
La estaba consumiendo. ¿Quién podía dormir de esta forma?.
Así fue cómo Marica, la joven de la tía Antona do Curro, comenzó a desfallecer, y continuó enflaqueciendo hasta ponerse arrugada como una vieja.

Ella no quería dar a conocer su mal, y se supo que una noche, los padres oyeron desde su aposento en la planta alta, corridas de niño, risas ahogadas, traqueteos de zocas grandes en pies pequeños... y quisieron esconjurar la casa, y la joven no quiso, lloró mucho.

Dicen que le guardaba respeto al trasno que la atormentaba. El señor abad no quiso esconjurarla tampoco, y como la tía Antona tenía dos casas, decidieron irse a vivir a la otra.

Ya están en la nueva casa, ya llega la noche, y al poco de apagar la luz del candil y emprender el sueño, se despertó sorprendida la joven. Se escuchaba bullicio en la planta alta, como el arrastrar de cosas pequeñas y saltos de un niño.

Despertaron también los padres y todos escucharon canturrear al trasgo muy contento y con hablar muy débil, muy bajo y al mismo tiempo como si brincara: —Qué legría María/ todos andamos de casa mudada.

Nota:

En esta leyenda como habrán notado, la figura del trasno se confunde con la del 'Pesadelo" o 'Tardó".

Si bien expliqué antes algunas formas de esconjurar al trasgo muchas leyendas no las incluyen y hallamos casos de familias que se mudan de casa, pero al arribar a nuevo domicilio el trasgo se les presenta diciendo": Esta casa es más guapa que la otra, quedome aquí" entre otras.

Aurelio de LLano Roza de Ampudia (5) cita un caso semejante en Asturias.

"En el Palacio de Rozudiella, cerca de Cangas de Tineo, Asturias, no se podía vivir por causa del trasgu. Y lo que allí habitaban determinaron dejar su morada. Cargaron todos los enseres en varios carros, y cuando éstos iban a romper la marcha, uno de los carreteros vio al trasgu sentado encima delos muebles del último carro. -"¿Dónde vas?", le preguntó el carretero. A lo cual contestó —"Ya que todos vais, / de casa mudada/ también yo me mudo/ con mi gorra encarnada."

CAPITULO III
"El Tronante"

- Caracteres Generales
- Taranís: Sustrato Mítico del Tronante
- Semejanzas entre el Nubeiro y el Nuberu.
- Creencias de cómo esconjurar al Tronante
- Nombres eufemísticos.
- Leyenda del Tronante Asturiano
- Leyenda del Tronante Gallego

Caracteres Generales

Conocidos es por todos la conquista romana de la Galia, y a su vez menos conocidas quizás las excusas de los emperadores de turno para sojuzgar y destruir una cultura milenaria como la céltica.

Gran era el temor que tenían por los colegios druídicos, núcleos del poder político, cultural y religioso. Entre los druidas y bardos, los romanos les atribuirían ciertos rasgos esotéricos, debido a sus conocidos poderes para influenciar sobre la naturaleza y el porvenir.

Aparece pues la figura del "Tempestario" que según ésta óptica, se referían a ellos como hechiceros capaces de provocar tormentas y diluvios.

La figura del Tempestario se continúa a través de la Edad Media, pues según la creencia, se decía tenían poder para provocar el trueno y el granizo. De hecho exigían grandes recompensas a particulares a cambio de producir daños en sus sembradíos.

Vicente Risco (18) cita diversas creencias acerca del Tempestario en Galicia. Toda persona mendicante o forastera ha de ser complacida por temor que se trate de algún Tempestario y desate truenos en venganza.

En otras oportunidades aparecen como hombre acaudalados o caballeros, y se presume llegan de la región de Castilla. Son en realidad los "Escoleres" o "Tronadores", personajes masculinos que no son ni brujos ordinarios, ni seres míticos, sino especialistas en el arte de crear y conducir tormentas.

Taranís: Sustrato Mítico del Tronante.

La nebulosa tendida por los cronistas romanos, quienes fueron inventariando los dioses celtas bajo concepción romana, ha sido develada por el genio de Georges Dumezil, gracias a sus modelos de estructuras trifuncionales. Sin embargo, estando el cronista Luciano por la región de Provenza hace mención en su obra "Pharsalia" de una tríada de dioses celtas en idioma vernáculo.

Ellos son "Teutates" (para muchos ligado al "Tuatha" gaélico que significa "pueblo" o "tribu"; "Teutates" significaría "Dios de la Tribu"), "Esus" (conocido también por Ogmios y Brigonos, a quien el cronista Luciano confunde con Hércules, pues lo ve representado vestido con piel de león, pero en realidad se trata del dios de la elocuencia, mucho más fuerte para los celtas que la fuerza física), y a "Taranís". Éste último a quien se lo confunde con Júpiter, es en verdad un dios celestial, es el "Tronante", "El Señor del Trueno".

Esa misma cualidad evocativa se encuentra hoy mismo reflejada en el mito del "Nuberu" astur y el "Nubeiro" gallego, ente desprovisto de las cualidades de un dios celestial, es decir no venerado como tal pero sí temido por su fuerza destructora. De hecho existen conjuros para alejar al Tronante. Es a mi forma de ver, una prolongación de Taranís reflejada hoy día bajo el tamiz cristiano en la figura de un ente maligno digno de ser rechazado en vez de ser venerado o respetado, como resultado del paso de una religión a otra.

La función de éste seudo-Taranís no es privativa de los celtas. Encontramos a Wotan y a Tor entre los escandinavos, a Osiris y Abad entre egipcios y caldeos, por ejemplo.

Semejanzas entre el Nubeiro y el Nuberu.

Tanto el Nuberu astur como el Nubeiro gallego gozan de cierta semejanza. Es un ser maligno, feo, de cambiante estatura y fuerza colosal. Posee la semblanza de Wotan (Odinn), cabalgando por las nubes y cubriendo su cabeza con un sombrero de alas anchas.

Posee una extraordinaria rapidez, lo que le permite un gran manejo de las tormentas. A la vez de azotar una hacienda con granizo y lluvia, deja caer animales dañinos que pasan de una finca a otra, entre ellos sapos y serpientes.

Según A. Llano (19) y L. Castañon (20) entre otros, el Tronante reside en Egipto en la cima de un monte, influencia mítica debida en parte a cientos de mineros y navegantes del mundo oriental que arribaron a las costas nordestes de la Península Ibérica, buscando estaño y otros metales. Algunos más osados dicen que la creencia fue introducida por los Ligures o por los Iberos venidos de Libia.

En lo personal creo que se trata de la combinación de dos concepciones: la que considera la cima de los montes, lugares lejanos y desconocidos cubiertos por nubes, como morada de los dioses, y una segunda, la correspondencia sociocultural que para los celtas tienen los cuatro puntos cardinales en cuanto a funciones respecta.

Creencias de cómo esconjurar al Tronante.

Estos rituales mágico religiosos eran muy comunes desde tiempos antiguos como única arma para una sociedad rural de prevenirse del efecto devastador para sus cultivos y casas.

El batir las campanas de una iglesia es buen remedio para alejar al Tronante. En el caso del Nubeiro las leyendas ponen en boca de éste ciertas sentencias como las siguientes: 'Se non foran esas cadelas que ladran, xa eu faguería a miña' (*Furelos; Melide, Galicia*).

También en Galicia, (*Matamá, Verín*) los tronantes indignados decían 'As cadelas a ladrar/ e as vellas a
rezar/ non nos deixaron arrasar.'

En Grandas de Salime, Asturias, dicen que las campanas al ser tañidas lanzan al tronante el siguiente esconjuro: "Detente, nube y nublado/ que Dios puede más que el diablo / detente, nube / detente, tul que Dios puede /Más que tú".

Muy pocos son los pueblos que practican el esconjuro de las campanas por temor a la descarga eléctrica.
"En 1718" -escribe el Fray Benito Feijóo en su "Teatro Crítico /Tomo V" - "cayó una furiosísima tempestad en parte de la costa de Bretaña y veinticinco iglesias fueron heridas de rayos por pulsar las campanas".

Cuando el Tronante aparece sobre un pueblo los esconjuros de los sacerdotes logran que descargue la nube en un sitio donde no haga daño alguno, previa indicación del lugar.
Con sólo tocarle con agua bendita puede hacer caer al tronante de las nubes. Existe la creencia de ofrecerle cierto sacrificio o prenda al Tronante por parte de quien hace el esconjuro, pues sino permanecerán implacables en su amenaza, por lo general un par de zapatos.

Suele conjurarse al tronante con estruendo de latas y gritos. Existe también forma de darle muerte con una bala cubierta de cera bendita, la cual si da en él lo mata. Igual caso que las brujas Germanas.

Para alejar al Nuberu astur existen interesantes prevenciones...
En Brañaseca, concejo de Cudillero, encienden una vela bendita y colocan la pala de hornear en el tejado, y al lado de la pala, un hacha con el filo hacia arriba para que corte al 'Esclarón de Truena' y no caiga sobre la casa.

En Cangas de Tineo y Pola de Somiedo entre otros, colocan delante de la casa donde pueda mojarse, la pala de hornear y el 'redoviellu' o el 'Xurradoiru' (ródalo o atizador) en forma de cuña.

En Allande colocan además el carro de 'aviesu', o sea con las ruedas hacia arriba. Por lo general el foco de hazañas del Ñuberu se encuentra en el Occidente Asturiano.

Nombres eufemísticos.

En Galicia: Nubeiro, Escoleros, Tronantes o Tronadores por extensión.
En Asturias: Fubeiro, Nubreiro, Renubreiró, Ñuberu, Juan Cabrito.

Aún en la mente popular perduran los antiguos dioses paganos productores de lluvia, hoy día cristianizados bajo la figura de santos de invocación propiciatoria. "Chuvia na semán de Ascensión, aria nos trigos moaron pro é un regalo San Pedro co seu cañado, San Cristobo co seu cobo, Santa.

Marina ca súa regadiña,' -Santiago co seu ganado, San Lourenzo co seu caldeiriño penao, Nosa Señora ca súa ola e San Miguel co seu tonel."

George Borrow (21) en su referencia a la tumba del jefe del ejército inglés, John Moore, muerto en campo de batalla en 1809» y la cual fuera levantada en la Coruña Galicia, por los caballeros franceses en conmemoración de la muerte de su heroica antagonista, escribe:
"Afirmase que con el General fueron sepultados tesoros inmensos, aunque nadie acierta a decir para qué fin. De creer a los gallegos, los demonios de las nubes persiguieron a los ingleses en su fuga y los atacaron con torbellinos y mangas de agua cuando se esforzaban por remontar los tortuosos y empinados senderos de Puencebadón."

Resulta inconfundible aquí la creencia en la Procesión de Demonios Celestiales que acompañan al dios del trueno, donde los mitos del Tronante y la Estantigua se dan cita bajo un mismo motivo folclórico.

Leyenda del Tronante Asturiano: "Descárgalo Allí"

Un día se presentó el Nuberu en el Concejo de Grado sobre la Parroquia de San Martín de Ondés. Al ver avanzar la nube de tormenta que escondía al Nuberu el pueblo dio un desesperado grito de alerta.

Pronto se escucharon sus avisos de llegada: húmeda ventisca y terribles truenos. Todos los vecinos fueron corriendo a la casa rectoral en busca del cura.

Muchos exclamaban: —"Pobre de nosotros si el cura no echa de aquí al Nuberu."

Cuando llegaron, el cura estaba rezando en el corredor. Al saber de las nuevas salió fuera y comenzó a realizar varios esconjuros. Se dice que tuvieron que sostenerlo entre dos hombres para que no le llevara el Nuberu, y mientras uno echó a volar la campana el cura descalzó un zapato y lo arrojó a su huerta.

Ante tantos esconjuros el Nuberu exclamaba:
"Basta qué no puedo más/ Siento una perrina (campana) ladrar/ Y vou a otro lau a gurritar."

Así descargó furioso sobre la huerta tal pila de pedral que tardó quince días en derretirse.

Leyenda del Tronante Gallego: *"Tronante de San Juan de Nedela"*

Vivía en Santaya de Probaos, Ayuntamiento de Cesuras, Partido Judicial de Betanzos, un cura muy querido por sus feligreses.

En la fiesta patronal invitaba a comer a todos los pobres que a Santaya llegaban y hasta repartía sus buenos molletes de pantrigo en grandes trozos. Su buena obra permitía tener grandes cosechas de trigo y centeno como recompensa divina.

En tiempo de las sementeras, como en el de las siegas o las trillas, los feligreses acudían a la tierra del cura en agradecimiento por su bondad y consejos.

El caso es que un año, coincidiendo con la cosecha del párroco, descargó una tronada aterradora que con gran estruendo lanzó una tromba de agua sobre la era cubierta aún de haces de trigo. Fueron muchos los ferrados de pan que se perdieron en aquél año.

Y así aconteció los años subsiguientes, con tanta mala suerte, que amaneciendo días claros y limpios de nubes, y luciendo el sol en todo su esplendor, el cielo se ennegrecía y torrenciales lluvias arruinaban la cosecha. Decíase que aquello era cosa de meiguería, que se trataba del mismo diablo intentado hacer renegar al cura de sus hábitos.

Aun así, Los feligreses acudían a la cosecha. Esta vez, el párroco antes de comenzar a extender sobre la era los haces de trigo, habló a sus feligreses diciéndoles:
"Amigos míos, hoy intentaremos trillar nuestro trigo nuevamente, Os ruego que os dispongáis para la trilla, pero pase lo que pase, no huyáis de la era ni tengáis miedo alguno por lo que podáis ver, sea lo que fuere..."

Luego hizo llevar a la era un viejo armario que tenía en la bodega, en él se metió con un libro en la mano y se puso a rezar.
En momento que los malladores comenzaron a golpear los pértegos estalló la tormenta con más fuerza que nunca. Los relámpagos y truenos se sucedieron sin tregua y los nubarrones derramaron toda el agua que llevaban dentro.

El señor cura seguía rezando dentro del armario, rezaba y esconjuraba; los malladores permanecían en su lugar de trabajo.
De pronto, al tiempo de relumbrar un trueno horrísono, vieron caer de las nubes unas grandes tenazas de hierro. Tras otro ruido espantoso de unas zocas enormes, y luego entre una gritería gutural, cayó el tronante en persona, espantoso ser negro y contrahecho que producía terror de sólo verlo.

Entonces salió el señor cura del armario con el libro en la mano, gritando esconjuros. Los feligreses aprovechando el desconcierto, mallaron en el tronante hasta darle muerte. Y la tronada y la lluvia se calmaron y volvió a relucir el sol sobre la era.

Sucedió en víspera de la romería de San Juan de Medela. Se dice que el maligno tronante fue enterrado en la ermita de San Juan junto a las zocas y tenazas, ya que por su intercesión pudieron terminar con el Nubeiro.

CAPITULO IV
"Acerca de las Donas y las Xanas"

- Las Donas, Los Encantos, Las Mouras, La Gallina y los Polluelos de Oro
- Los Mouros
- Las Feiticeiras
- Las Xacias o Los Lacios
- Las Xanas & Los Xaninos
- Las Lavanderas
- LEYENDAS DE LA GALLINA Y LOS POLLUELOS DE ORO
  "Xania, Xanieta'" (Asturias)
  "La gallina de los polluelos de oro" (Galicia)
- LEYENDAS DE ENCANTOS CON FORMA DE SERPIENTE
  "La culebra del Encanto" (Galicia) (San Vicencio de Vigo - Carral
  "El Pastor y la Encantada" (Asturias)
- LEYENDAS DE ENCANTOS GUARDIANAS DE TESOROS
  "La Tienda de la Moura" (Galicia) (San Vicente de Vigo - Carral –
  Coruña)
  "El Esquilador y la Encantada" (Asturias)
- LEYENDAS DE ENCARGOS PARA LOS ENCANTOS
  "La Fuente de Ana Manana" (Galicia)
  "Las tres mozas del peñasco de San Marcos" (Galicia)
  "Sale, mora" (Asturias)

Las Donas (Galicia) Los Encantos, Las Mouras, La Gallina y los Polluelos de Oro.

Se trata de personajes femeninos, espíritus de la naturaleza ligados a los montes, las cuevas y fuentes.

Según he comprobado (22) las Donas al igual que las Xanas son miembros del reino feérico. Aunque las leyendas nos hablan acerca de la forma de desencantarlas, en especial durante la mañana de San Juan, por lo que no sería erróneo considerar algunas como 'Encantos', es decir, personas cautivas bajo hechizo en los dominios del reino feérico, figura común en las leyendas celtas. Los Encantos gallegos están ligados muchas veces a la figura del "Mouro", a quien sirven junto a sus tesoros ocultos en cuevas, son las llamadas 'Mouras'.

Las Donas suelen aparecer a ciertas horas, especialmente al amanecer o una vez por año en la mañana de San Juan. Suele calificárselas como guardianas de ricos tesoros, los cuales ofrecen a cambio de acertijos. Para quien lo resuelva en forma correcta obtendrá su mano y el tesoro, al que no, le acontece siempre una desgracia, motivo generalizado en el folclore celta. Los tesoros que entregan son en principio reales, a diferencia de los entregados por muchos feéricos, aunque en la mayoría de los casos, quien recibe la bolsa que los contiene peca de curioso bajo advertencia de la Dona, y pierde sus tesoros al primer vistazo incauto pues estos se convierten en materias repugnantes o de poco valor.

Aparecen también peinando sus rubios cabellos con peine de oro, o bajo un árbol hilando copos de oro, o cerca de tesoros dentro de una tienda o cueva. Dan cita al mozo que las encuentre para que regrese al día siguiente a desencantarlas. El día de la cita se le presentan bajo forma de serpiente gigante, debiendo el mozo vencer, el miedo y desencantarla con tres besos en el común de las leyendas. En algunas el joven fracasa y la Dona queda encantada para siempre. Por lo general, los Encantos están destinados a permanecer como tales. Al parecer, la codicia material y la cobardía resultan más fuertes que la pureza del corazón.

Algunas son Encantos confinados en una fuente. Tal el caso de 'Ana Mañana' ligada al Castro Pedro en Melide. Quien la desencante deberá decir: "Aureana, Aureana, toma o bolo que che da a súa Ana" precediendo la entrega de pan casero como ofrenda.

Según Vicente Risco (23) las Donas relacionadas con las fuentes son llamadas también 'Feiticeiras', una suerte de Ondinas poco confiables que viven en el río Miño entre Melgazo y Arbo. En tierra de Lemos se da igual semejanza con las 'Xacias'. Es evidente la relación de esta figura con la de alguna deidad céltica.

Así como la Dona participa de la figura del Encanto, suele también aparecer ligada a la figura de "La Gallina y los Polluelos de Oro", formas visibles de un tesoro.

De igual manera la Xana astur, quien puede desencantarse si se le entrega uno de los polluelos con su gallina madre. Aunque esta cita que realiza Luciano Castañon (24) no concuerda con la función generalizada de vigilar a la gallina y sus polluelos.

En el Valle del Mao, en Lugo, unos vecinos cuidaban de sus ovejas al pie de un castro cuando vieron a la gallina y sus polluelos de oro, pero enseguida la 'Moura' y los polluelos desaparecieron por la abertura de una roca en la montaña.

Si bien son consideradas formas visibles de un tesoro, son también la forma asumida, por un Encanto, de hecho hay veces que la gallina se convierte en 'Doncella'; o en un 'Mouro' en otras. Una de las formas de desencantarlas es arrojándoles una montera o sombrero, o remiendo como símbolo de pobreza a cambio de su riqueza.

Existe una tendencia generalizada a confundir los términos 'Fada' con 'Dona'. 'Fada' sería la personificación del 'Hado' o 'Destino', pero el término gallego 'Fada' equivale en castellano tanto a 'Suerte' como 'Maldición', por lo que la personificación de 'Fada' no corresponde pues el folclore gallego posee los de 'Dona', 'Encanto,' Moura', 'Dama', 'Doncela'.

Los Mouros.

Este personaje legendario nada tiene que ver con la población mora que afincó en España. Tanto en Galicia como en Asturias, se asimiló el término 'Mouro' al de 'Extraño' e incluso 'Antigüo', desarrollándose así creencias acerca de personajes con poderes mágicos e infinitos tesoros ocultos en cuevas.

Vicente Risco en su ensayo "Da mitoloxía popular galega, os mouros encantados" (Editorial Nós, No 43 & 45 -1927-), supone cierta ligazón étnica de la creencia en los Mouros y el recuerdo de los habitantes prehistóricos de Galicia, quienes perdiendo su nombre original sus hechos son transferidos a nuevos personajes históricos, en este caso, los moros. En mi opinión estoy convencido que el 'Mouro' es un ser ajeno a la sociedad labriega que convive en el ámbito geográfico en que este personaje se desarrolla, es justamente el Extraño.

Su forma de vida es ajena a la actividad económica rural, y posee todas esas riquezas que el labriego desea poseer. Es evidente que la creencia se remonta a tiempos medievales donde la división de clases era tajante, y donde el pasar de pobre a rico era algo poco imaginable.

El Mouro representa al guardián de todas esas riquezas inalcanzables, a quien siempre es difícil burlar en procura de obtener sus tesoros y así romper un nivel socioeconómico impuesto. No olvidemos también que el oro ha sido siempre la imagen de lo puro, lo perfecto, poseerlo es conquistar la inmortalidad.

El favor de los mouros, Mouras y encantos que establecen cierto pacto con un labriego, es la mayoría de las veces, desmerecido al revelarse esta secreta comunión ante terceros, por lo general la mujer del labriego.

Obedeciendo quizá a cierto sustrato bíblico, la mujer ocasiona la pérdida del favor de estos personajes para con su esposo, debido a su curiosidad y sospechas. En el caso de los encantos, ya se evidencia una estrecha relación entre la figura femenina y la serpiente, símbolo demoníaco, como veremos más adelante.

En otras veces observamos cómo esa posible relación del labriego con una doncella 'fantástica' o 'Encanto', se ve frustrada ante la entrega de una ofrenda o prueba del pacto, defectuosa. En estos casos la mujer del labriego suele comer uno de los picos del pan o del queso en cuestión, el cual al ser ofrendado y no ser perfecto obliga a los encantos a permanecer entre dos mundos, pues no logran pasar al real con forma completa.

Las Feiticeiras

Como acotara anteriormente, las Feiticeiras son una suerte de Dona cuya creencia se remonta a Melgazo, en Portugal. Es menester que todo aquel que desea atravesar el río Miño para pasar a Aribo, debe traer en su boca un canto rodado u objeto que le impida hablar durante dicha travesía, pues de lo contrario, las Feiticeiras mátense por ella.

Hecho que adhiere a la creencia medieval según la cual durante el bostezo el alma se escapa o entra un demonio por ella si no se repasa en cubrirla con la mano. En este caso, el silencio impediría la salida de estos habitantes acuáticos."

Las Xacias o Los Lacios

Según D. Fermín Bouza-Brey (25),tienen su guarida en los rozos del río cuando pasa por tierra de Lemos, al pie del "Castro de Marce". Presentan figura humana, lo que les permite vivir tanto en tierra como en las profundidades del agua.

Participan del motivo tradicional céltico según el cual el Xacio o la Xacia se desposa con un mortal, matrimonio cuyos hijos tienen gran afición por el agua. Cita como casos análogos a los Los Neck /Nixie (Inglés) o Nix / Nixe / Nyx (Alemán) de las creencias indoeuropeas.

Además de la filiación germánica de las ondinas, no debemos pasar por alto la creencia en las 'Selkies' de las Islas Orkney, Shetland y de Irlanda, y el caso análogo de las 'Roane' en la costa oeste de la Tierras Altas de Escocia. Estos personajes gozan de la cualidad de presentarse en tierra bajo figura humana al despojarse de sus pellejos, los cuales le dan la apariencia de focas. Este motivo tradicional es similar al de las 'Damas-Cisne', donde el joven osado que posea sus plumas luego de la mutación, poseerá también al ser feérico en cuestión, quien en la mayoría de las veces, resulta ser una hermosa joven. Aunque igual que con las Xacias, los matrimonios entre mortales y feéricos no están destinados a perdurar.

Las Xanas & Los Xaninos

Las Xanas poseen similar característica que las Donas, aunque contienen mayor connotación céltica en sus funciones, como por ejemplo, la de sustituir niños humanos por los suyos para que sean criados por los mortales.

Ello forma parte de los Raptos Feéricos, pues no sólo intercambian niños, sino que también raptan a hermosas doncellas, caballeros, e incluso nodrizas y parteras para que traigan a luz a sus hijos.

Responde a cierto derecho que poseen los feéricos sobre las posesiones humanas, tal es el caso de robar la sustancia o nutriente de los alimentos y dejar sólo su aspecto externo o "toradh" como sucede con el ganado que llevan a sus colinas huecas.

Por lo general estos niños raptados aún no han recibido el bautismo o están desprovistos de las protecciones adecuadas contra los feéricos.
En algunos casos son cierta forma de "toradh" o incluso esculturas talladas en madera, pero en la mayoría son niños feéricos verdaderos quienes aún cuando poseen tamaño de recién nacidos son de edad avanzada. Es justamente esta cualidad el único remedio para recuperar al niño raptado, pues una vez que reconozca su edad la sustitución queda sin efecto. Esto es generalizado en varios miembros del reino feérico.

El paralelismo en el método se vislumbra en las leyendas célticas con la figura de las cáscaras de huevo o la cocción de los mismos. William B. Yeats (26) cita una leyenda recopilada por T.Crofton Croker donde el sustituto cae en la trampa "¿Qué brebaje es el que estoy cocinando, hijo mío? – dijo ella — "¿eso es lo que quieres saber?."
-"¿Sí, Mami ¿qué brebaje preparas?" —contestó el sustituto.

-"Cáscaras de huevo, hijo mío." - respondió la Sra. Sullivan.
-"Oh!"-exclamó el sustituto puesto de pie en la cuna y aplaudiendo. "Llevo mil quinientos años en el mundo y nunca antes había visto un brebaje de cáscaras de huevo". (27)

Lo que sigue es común a todas las leyendas, la madre toma al sustituto y lo arroja al fuego o dentro de la cocción, éste comienza a reír y maldecir y se eleva por la chimenea, al poco tiempo el niño verdadero le es retornado, aunque algunas veces es necesario localizarlo en alguna de sus colinas huecas.

Aurelio de Llano (28) cita un ejemplo insólito donde es la misma Xana quien rodea el fuego con cáscaras de huevo y sienta a su hijo detrás de ellas, pues nunca había hablado una palabra. "Hizo así la Xana, y su hijo, al ver las cáscaras, rompió a hablar diciendo: /Cien años va que nací; / nunca tantos pucheros/ juntos, al pie del fuego vi.

No cabe dudas que dicha leyenda circunscripta a Xerra de Lapisón, Monte Alea, ha de tratarse de una variante de la figura original de la madre humana en la persona de la Xana.

Agrega otra leyenda popular recopilada en varios concejos "Una Xana cambió a su hijo por el de una salladora para que ésta diera de mamar al xanín. La salladora quiso asar manzanas para cenar y las puso en el lar alrededor del fuego; después sacó al niño de la cuna y lo sentó detrás de la lumbre, el niño al ver las manzanas dijo: -Cien años va que nací /y nunca tantos pucheros vi". Entonces la salladora, se dió cuenta que su hijo había sido sustituido por el de una Xana.

En, definitiva todos los métodos concuerdan en un hecho insólito que suelta la lengua del sustituto. Pero aunque poseen hijos, no se registran leyendas acerca de Xaninos o del Xan.

Las Xanas son de hábitos nocturnos y se las llama 'Descendientes de las Dianae' o las ninfas compañeras de Diana, de hecho muchos concuerdan que Xana deriva de Diana.

Según comprueba Aurelio de LLano, el mito de la Xana entró a Asturias por el Oriente hasta una línea que se traza desde la orilla del mar en Cudillero hasta un punto del límite de Asturias con la provincia de León pasando por Belmonte y Somiedo.

En las cuevas y fuentes del Occidente Astur viven las 'Encantadas', donde la tradición galaica es de notable influencia.
Debido a su fama de guardianas de tesoros hay quien intenta acercarse a ellas, y al llegar a su cueva o fuente les ruega: "Sal Xanina, sal, / toma de mi pobreza/ y dame de la tu riqueza."
Se da el caso en que es la Xana misma quien trata de seducir al aventurero, ofertándole": Toma mi riqueza y dame tu pobreza". Si contesta por los tesoros, la Xana permanece encantada, y el hombre sin las supuestas riquezas.

Las Lavanderas

Otra figura ligada a las fuentes y ríos, aunque no son originarias del folclore astur y gallego. Tienen gran semejanza con la 'Banshee' forma genérica de la figura céltica. En Irlanda se las llama "Bean—sí", según Lady Wilde (29) algunas veces asume la figura de una dulce doncella, o una anciana en encorvada que se esconde tras los árboles. Sus lamentos son amargos "más allá de todos los sonidos de la Tierra".

Son anunciadoras de la muerte. La 'Bean—Nighe' de Escocia está personificada por, una mujer que murió al dar a luz. Según J.G.Campbell (30) todas sus ropas deben ser puestas a lavar, de lo contrario las mujeres fallecidas están condenadas a lavar en las fuentes y ríos por ellas mismas hasta la culminación de su período natural de muerte de haber permanecido con vida luego del parto.

El hecho de presentarse lavando vestiduras ensangrentadas es anuncio de muerte para algún miembro del clan cercano. Estas "Lavanderas" han sido también vistas en Irlanda. La "Caointeach" y la "Caoineag" son las/ condecidas 'Lloronas' gaélicas (31) quienes participan de las cualidades de la Bean- Si en sus lamentos y del Bean—Nighe por su calidad de Lavanderas, son también anunciadoras de muerte y desgracia. Galicia conserva el mito de la 'Raposa',ser indefinido, espíritu sutil y movedizo cuyos gritos multiformes son anunciadores de muerte y desgracia.

Las lavanderas pueden ser descriptas tanto en Galicia y en Asturias como ancianas de rostro enjuto y arrugado, de cabellera semejante a un raudal de espuma, de voz sorda como el ruido de una cascada, de mirar duro y esquivo, visten túnicas amarillas, Habitan en las cuevas de los árboles viejos, a orillas de los ríos, en los remolinos de las corrientes, en cavidades de antiquísimos castaños siempre respetados por el rayo del Tronante o entre la espuma de las grandes cascadas.

Golpean el agua con sus palas, y si alguien quisiera sorprenderlas pagaría su atrevimiento con la vida. Guando un río desborda y causa desgracias ellas disfrutan agitando sus lienzos y haciéndolos resonar con sus palas cóncavas. Sin embargo si se produce un incendio acuden rápida y voluntariosamente a apagarlos.

Asegura Laverde Ruiz que en la orilla del Sella, Asturias, hay una cueva atravesada por un arroyo, en cuyo borde se ven cuatro mujeres de piedra en actitud de lavar, las cuales son cuatro Lavanderas petrificadas por castigo de las Xanas, a quien aquéllas quisieron robar sus madejas." (32)

En Bretaña en Armórica, existe el mito de las Lavanderas Nocturnas. Al igual que las gaélicas, se las puede hallar lavando a orillas de un río o fuente sábanas ensangrentadas. Si alguna persona pasa junto a ellas, se ve obligada a retorcer la ropa, y si no la retuerce en el mismo sentido que ellas pueden darse por perdida".

Fermín Bouza-Brey ejemplifica rastros del mito gallego con ciertas cantigas de perdida significación:
"Menina, ti eres o demo / que me andas, atentando;/que no río,que na fonte,/ sempre te encontro lavando."

"Eu paséi por Vilariño,/por Vilariño cantando,/as mozas de Vilariño/quedan no río lavando."

Tenemos aquí una relación entre la lavandera y un espíritu maligno, quien pasa por donde se hallan, canta mucho para espantar su miedo.

LEYENDAS DE LA GALLINA Y LOS POLLUELOS DE ORO

"Xania,Xanieta". (Asturias)

Una mujer de Cudillero iba el día de San Juan para Avilés. Cruzaba el monte cuando se topó con una Xania que estaba cuidando una gallina con muchos polluelos de oro.

La mujer desesperada intenta atrapar algunos con su mandil pero no pudo, pues corrieron rápido y desaparecieron por una abertura en la roca. De regreso a Cudillero, contó lo sucedido, a sus vecinos.

"Ah, tonta" -exclamaron- "Que esa no era otra que la Xana. Si hubieras arrancado un remendín de la tu saya y se la entregas diciendo:
Xana, Xanieta, dame de la tu riqueza y toma la mía pobreza, te hubiera dado la gallina junto con los polluelos..."

"La gallina de los polluelos de oro", (Galicia)

Una joven apacentaba un rebaño de ovejas en las proximidades del Castro de Balbén (San Vicencio de Vigo - Carral), y mientras cuidaba que no fueran a invadir algún sembradío, escuchó entre unas aulagas que crecían sobre el rotulado terreno del monte, el cacareo de una gallina. La joven cuidó de no confundirse pues la aldea estaba lejos, mas vio por cierto delante de ella, a una gallina y los polluelos más bonitos que jamás viera.

Aquellas avecillas eran una cosa muy linda, parecían como madejas de lana por la forma, mas relucían como pepitas de oro. Despertada la codicia, la joven comenzó a correr detrás de un polluelo pero este desapareció de inmediato. No dándose-, por vencida corrió tras otro pero también se perdió entre las aulagas del monte. Y siguió poco a poco corriendo tras de todos, uno por uno sin poder atrapar ninguno... y al escaparse el último desapareció también la gallina, la cual ya no escuchó nunca más.

La joven, cansada y sin aliento, dio con su cuerpo en el suelo, sin fuerzas para moverse. Pasaron las horas, reunió sus ovejas y emprendió regreso a casa. Al llegar, contó a todos cuanto le había sucedido, y los ancianos le advirtieron que si otra vez le sucedía algo semejante, se quitara ,el paño de la cabeza y arrojándolo delante de la gallina le dijera "Doite mi pobreza, dame tu riqueza". Así desencantaría a la gallina de los polluelos de oro, y de lograrlo sería muy rica mientras viviera, por más que arrojase las onzas de a puñados.

LEYENDAS DE ENCANTOS CON FORMA DE SERPIENTE

"La culebra del Encanto" (Galicia) (San Vicencio de Vigo - Carral – Coruña)

Se cuenta que una vez, un mozo vagaba por el prado a orillas del río cuando vio llegar a una rapaza guapísima y a un Mouro, y sé que aquél era un Encanto.

El mozo se agachó hasta llegar cerca de ellos sin que lo vieran. El Encanto, luego de hablar en lengua extraña, dijo: "El que te desencante, tres besos debe darte." y al momento desaparecieron Mouro y rapaza por encima del río, como si fueran la niebla que se disipa por el aire.
El rapaz, curioso por ver lo que sucedía , regresó por la mañana al mismo sitio, y aguardó en un claro entre la enramada a orillas del río. Poco tiempo después escuchó un silbido por el medio del río, miró y se estremeció, era la culebra más grande y más fea que jamás vieran ojos de hombre.

Avanzaba por encima del agua, con la cabeza erguida, sus ojos bien abiertos y recogiendo su lengua, que era tan grande como el dedo de una mano. El rapaz se atemorizó, sin embargo, supo ser hombre y aguardó con firmeza y valor. La culebra huyó como un relámpago batiendo el agua con la cola, y silbando al poco tiempo, regresó y también huyó como antes, mas al verle por tercera vez y darle el rapaz tres besos, la culebra perdió su hechizó para convertirse de nuevo en una bella joven, quien desfalleció en los brazos del arriesgado joven.

Dicen que entonces el rapaz se llevó a la joven y fueron a casarse, yéndose a vivir lejos, muy lejos, a otras tierras que hay por el mundo, de donde dicen que ella era, y para gozar de los tesoros del encanto.

"El Pastor y la Encantada" (Asturias)

Un día de San Juan al amanecer iba un pastor par el monte, y al pie de una fuente encontró una moza muy guapa. Ninguna de la comarca igualaba su hermosura. El pastor la acompañó más de una legua de camino y al despedirse de ella le preguntó quién era y dónde vivía.

Vivo aquí cerca de una cueva y soy una Encantada. ¿Tendrás el valor para desencantarme?. Nunca tuve miedo. ¿Qué tengo que hacer?. Me presentaré a ti tres veces transformada en un Cuélebre con una rosa en la boca. Si me la quitas me desencantas. No me tengas miedo, aunque me veas retorcer y amenazarte con la cola. Después que dijo esto se metió en la cueva.

Al poco tiempo apareció un Cuélebre muy grande y el pastor tuvo miedo, no se atrevió a quitársela rosa. Lo mismo sucedió la segunda, pero a la tercera le quitó la rosa y la moza quedó desencantada. Y al pastor le regaló el tesoro que tenía en la cueva.

En el Concejo de Mieres el valiente debe darle tres besos al Cuélebre. Iba por el segundo cuando el Cuélebre comenzó a agitarse de tal manera, que el mozo tuvo miedo y escapó sin mirar atrás abonadonando el tesoro y al Encanto.

Nota: Esta semejanza mítica del Encanto con el Cuélebre o Cóbrega -ente subterráneo de cierto parentesco con los Dragones del Medioevo- parece estar sustentada en la función de custodia de tesoros ocultos.
Cabe agregar que según Rufo Festo Avieno en su poema 'Ora Marítima' existía el pueblo de los 'Oestrymnios' tanto en Galicia como en Armórica, pueblo expulsado de sus tierras en el Occidente de la Península Ibérica por una invasión de serpientes.

Luego la tierra de Oestrymnios pasa a ser la de 'Ophiusa' con el asentamiento de dos tribus, los Saefes y los Cempses. Se los identifica con los primeros celtas llegados a Galicia quienes portan el hierro de la cultura Hallstatt. Es posible qué el símbolo totémico de los Saefes fuera la serpiente. Vestigios arqueológicos y culturales son hoy día los Castros de Troña en Mondariz, Monte dos Vilares en Puentecesures y la célebre desaparecida Pedra da Serpente de Gundamil, Puenteceso, indicios de la religión ofiliátrica en Galicia, entre muchos otros.

Nos recuerda también P.López Cuevillas (33) la creencia en sierpes aladas en Galicia, cuya piel es tan dura como la de los 'Cuélebres' asturianos, que cuando llegan a viejos huyen al mar en cuyo fondo custodian tesoros.

Las de Galicia en cambio marchan hacia Babilonia, hecho que no las hace felices: "Pra Babilonia vou/Malaia quen me viú de pequena/E non me matou."

Recordemos también la creencia que las almas toman la forma de serpiente o lagartija, para hacer luego de muertos lo que nos hicieron en vida como la romería a San Andrés de Teixido (Posible reducto druídico en la antigüedad) . Aunque irónicamente la tradición irlandesa exalta entre los hechos de San Patricio, el haber limpiado la isla de Irlanda de serpientes... simbología recurrente del triunfo sobre el demonio.

En uno de los relatos recopilados en el Mabinogion galés, vemos también como Peredur Paladyr Hir (Lanza Larga), Hijo de Evrawc, combate con algunas serpientes guardianas. Entre ellas, La Serpiente Negra de Carn, en cuya cola posee una piedra, cualquiera que logre tenerla en una mano poseerá en la otra todo el oro que desee. Peredur -quien luego participaría de la figura de Perceval en el romance de Chretién de Troyes, aunque con notables diferencias-, las vence a todas. Se supone cierta correspondencia histórica con el príncipe Peredur, quien murió junto con su hermano Gwrgi, en la batalla de Arfderydd por el 574-580 D.C. En las sagas aparece como uno de los tres caballeros de la corte de Arturo que vieron el grial, junto con Galaath, hijo de Lancelot du Lac, y Bort, hijo del rey Bort.

Vemos pues cómo esta semejanza entre el Cuélebre y los Dragones del medioevo es una mera representación de lo maligno. Sabido es que la serpiente fue siempre el símbolo del mal, del pecado, del demonio en definitiva.

En el caso de los Encantos bajo forma de serpiente se cumple una vez más el motivo folclórico de las fuerzas del bien contra las fuerzas del mal, el modelo de una sociedad cristiana donde el héroe elegido deberá pasar la prueba de vencer al símbolo de lo maligno, en nuestro caso, infrahumano. Su victoria logra el desencantamiento, y conquista la felicidad al recuperar la forma humana de la bella doncella en cuestión.

Para GARCIA FERNÁNDEZ-ALBALAT, B.: Guerra y religión en la Gallaecia y la Lusitania antiguas, (Ed. do Castro, Sada, A Coruña, 1990) es evidente que la serpiente estuvo y está ligada a creencias, mitos, ritos y supersticiones que aún se conservan. Lo que pudo ser antes lo desconocemos. Hoy solo encontramos serpentiformes, figuras grabadas o piezas con forma de serpiente o la figura de este animal acompañando a otras divinidades, además de leyendas que pueden corresponder a posibles creencias, a veces muy curiosas, relacionadas con la vida de ultratumba, la fecundidad o las aguas, que, curiosamente, y a pesar de que se niega su existencia por no pertenecer "al panteón de los pueblos indoeuropeos", aún están ahí, llamémoslas "divinidades", "espíritus", "supersticiones" ,etc.

LEYENDAS DE ENCANTOS GUARDIANAS DE TESOROS

'La Tienda de la Moura' (Galicia) (San Vicente de Vigo - Carral – Coruña)

Érase una vez un joven que regresaba de galantear por la noche y encontró en una encrucijada del monte, una tienda muy iluminada, y a cargo de ella, una doncella amable y hermosa, de dorados cabellos.

Se detuvo el joven a observar cuánta cosa linda allí había, mientras la doncella le observaba cuanto él hacía, y le preguntó de pronto: —Qué es lo que más te gusta de cuanto hay aquí? Puedes llevar lo que mejor quieras."

El joven al escuchar aquello escogió entonces una navaja de cabo muy perfecto y acarició con agrado. Sulfúrea, la doncella, dejó que se la llevara profiriendo una maldición:
—"Que sirva entonces para que te
corten la lengua por no saber hablar."

Desde aquel momento, el joven nunca más habló, y tuvo que hacer señas para que los demás le comprendieran.

Así se vengó la Moura del tonito que no supo hablar, y que ciego por la codicia robó alguna cosa sin importancia que allí había, pues si hubiese dicho lo conveniente para el caso": Me gustó todo, y mucho más quien está a cargo", desencantaba a la Moura quien lo haría rico mientras viviviese, aunque arrojara las onzas de a puñados.

En cambio, la Moura al perder la oportunidad, ya nunca más podría librarse de su encantamiento.

"El Esquilador y la Encantada" (Asturias)

En Cobiellas, concejo dé Gangas de Onís, está la cueva de la Huelga. Una mañana de San Juan pasó por allí un mozo de oficio esquilador y a la puerta de la cueva vio sentada a una joven, detrás de una mesa con objetos de metal y se paró delante de ella.
-"De lo que ves, ¿cuál te gusta más, esquilador?- preguntó la encantada.
-"Las tijeras de oro"-
-"Tómalas, pero que nunca te "falten ovejas que trasquilar ni sarna que rascar."

Esto mismo sucedió con otras encantadas en una cueva de San Vicente de Vigo - Carral – Coruña, en Vidiago, concejo de Llanes, y en la cueva de Sosastiellu, Riera de Covadonga.

Nota: Es importante destacar que en la mayoría de estas leyendas el objeto a elegir resulta ser unas tijeras de oro, o algún otro objeto cortante. Las tijeras han sido siempre un símbolo asociado al destino, pues con ellas se puede cortar el hilo de la vida.

Recordemos las tres fatas de la Grecia Antiguas Clotho, Lachesis, y Átropos. Estas asistían al nacimiento de un niño y predecían su futuro. Una hilaba el hilo de la vida, otra formaba la madeja, y la tercera lo cortaba.

El hecho de elegir el objeto cortante en esta clase de leyendas logra en la mayoría de los casos el fracaso de quien las elija, lo que conlleva para éste una desgracia física.

LEYENDAS DE ENCARGOS PARA LOS ENCANTOS

'La Fuente de Ana Manana' (Galicia)

Según el canónigo orensano, D. Juan Casas, como los germanos rendían culto a las ninfas de las aguas, y la ciudad de Auria estaba situada alrededor del manantial de las Burgas, la voz célticoromana '"Auria", se transformó en 'Anna' por boca de la gente sueva. Es de notar que en el culto esotérico germano, el Rey de los Annos, se trata de un genio maléfico acuático.

Como citara anteriormente, según V. Risco (2) una versión al desencanto que refiere esta leyenda sería "Aureana Aureana",(topónimo de la ciudad) " toma o bolo que che da a tua Ana (bien podría escribirse como "Anna").

La presente versión fue recogida por Leandro Carré Alvarellos (34)

En tiempos muy remotos, uno de los muchos gallegos que iban a segar a Castilla, encontró en el camino de regreso a su casa, a un señor muy bien vestido que le preguntó de dónde era. El segador le respondió que era de Orense.

-"Y dígame buen hombre, ¿usted sabe algo o conoce dónde está el Meimón?"

-"Sí sé señor; siempre que me dirijo a Orense a pagar, la renta o llevo alguna cosa para vender, paso por allí."

Entonces el señor entregó al campesino un queso que tenía cuatro cornechos, y le dijo:
-"¿ Tú deseas ser rico?."

-"¿Yo?, cómo quisiera, quiero, sí señor; más ¿qué debo hacer para lograrlo?."

-"Pues, mira –le dijo el desconocido-, No tiene que hacer más que ir al Meimón, y cuando llegues junto a una pequeña fuente que hay entre unas peñas, al lado, del camino, gritas:. " ¡Ana Manana! ¡Ana Mañana!"; y a la tercera vez te aparecerá una señora muy hermosa. Tú le das este queso, y ella te entregará luego un rico tesoro que tiene allí escondido."

El labriego se rascó la cabeza, pensativo. Al fin, mirando al señor, le preguntó:
-"¿ Y no debo hacer nada más?. "

—"Tienes también que guardar -el secreto, sin decir a nadie el encargo que llevas, ni siquiera a tu mujer. Y debes tener mucho cuidado con el queso, porque has de entregarlo entero; pues sino puede traerte desgracia. - Aún todo ello no es difícil de hacer. — Toma entonces el queso y recuerda bien lo que te he dicho."

Ni bien el campesino lo había cogido, el señor que se lo dio desapareció sin saber cómo.

El bueno del labriego siguió su camino de regreso después de poner el queso en su pañuelo, el cual ató por las cuatro puntas. Pensando con alegría en la posibilidad de enriquecerse con lo que la dama pudiera darle de su tesoro del Meimón, y un poco preocupado porque el queso sufriera daño alguno, o por si pudiera hallar en el camino alguien que le preguntara qué era aquello que llevaba ahí envuelto, sin saber qué decirle.

Pero antes de acercarse al Meimón, fue a su casa para decirle a su mujer que ya había llegado de Castilla y dejar e! dinero que ganó en la siega, pues no quería andar con él en el bolsillo.

En cuanto su mujer vio el envoltorio, le preguntó qué era lo que allí traía. Es un recado, una cosa que debo entregar. Ni se te ocurra tocarlo. Y subió al sobrado para guardar el dinero.

Pero, la mujer aprovechó aquel momento para mirar qué cosa había en el pañuelo, y cuando vio que era queso, cogió un cuchillo y cortó un pedacito, uno de aquellos cornechos que tenía, pensando que nadie notaría aquella falta.

El hombre bajó del sobrado, tomó el envoltorio sin pensar siquiera en lo que pudiera haber hecho su mujer, y salió camino del Meimón, pues se retrasaba en cumplir el encargo y recibir el premio del tesoro.

Al llegar- a la fuente llama tres veces: "¡Ana Manana! ¡Ana Manana! ¡Ana Manana! ..."
Y sintió un escalofrío cuando vio aparecer ante sí aquella señora hermosísima, cubierta con una vestidura blanca.

-"¿Porqué me llamas?." — le preguntó de mal humor, como si no le agradara que la hiciera salir de su oculta morada.
Es para entregarle esta encomienda que un señor al cual no conozco, me entregó para usted- dijo el labriego; y le puso en las manos el pañuelo con el queso.

Ella abrió el pañuelo y al ver el queso con el cornecho cortado,-le dijo encolerizada.

-"¿Qué me traes aquí? ¡La has hecho buena! ¿No te han dicho que no tocaras el queso? Este era el caballo que habría de sacarme de este encierro; pero tú no has cumplido el encargo tal como te mandaron; fuiste primero a casa, y tu mujer le comió un cornecho... ¿Qué hago yo ahora?."

Y en efecto, puso el queso en el suelo y se convirtió en un magnífico caballo blanco; pero le faltaba una pata.

-"¡Mira, mira! "- le dijo irritada-, "ahora tengo que quedarme para siempre entre estas peñas, y tú has perdido el tesoro que había de darte. Sin embargo, por el servicio que me has hecho, toma esta faja y pónsela tu mujer cuando esté por parir; no puedo darte otra cosa. Y desapareció ella y el caballo cojo sin que el pobre hombre viera por dónde habían marchado."

El labriego se desesperaba pensando en el daño que su mujer había hecho, tanto a la señora como a ellos mismos; bien merecía una paliza.
Pero, como estaba en meses mayores, trató de calmarse pues no era cosa de exponerse a un mal más grave, y refunfuñando, se dirigió a su casa resignadamente pero acordándose de la faja se le ocurrió envolverla en un alcornoque para ver cómo era. ¡Pobre de él si la hubiera puesto en la cintura de ,su mujer... Aún no bien le diera la última vuelta cuando el árbol y la faja ardieron en una rápida y violenta llamarada.

Y desde entonces aquella fuente del Meimón es llamada 'A fonte de Ana Manana'.

"Las tres mozas del peñasco de San Marcos" (Galicia)

Había una roca en el monte de San Marcos, y un día fue un hombre y sentóse en ella. Luego salieron tres mozas cerca de él y le pidieron les confeccione a cada una de ellas, una rosquilla. Cosa que él dijo que sí.

Marchó para casa y al día siguiente regresó con las tres rosquillas. Pero su mujer comió la mitad de una. El hombre entregó cada una a las mozas y aquella a quien le tocó la mitad le obsequió, una faja para que se la entregara á su mujer.
El hombre marchó con ella. Pero cuando iba por el camino se le ocurrió envolverla en un cerezo para ver cuántas vueltas daba. Tan pronto terminó de envolverla, marchó por el aire, volando junto con él cerezo.

Versión recopilada en la Provincia de Lugo por el Centro de Estudios Fignoy.

"Sale,mora" (Asturias)

En la cueva de la Roza, en el castillo de Sobeirón, vivía una mora (Moura) encantada. Y en la mañana de San Juan aparecía en la entrada de la cueva a coser y a bordar.

Los pastores se acercaban allí para observarla pero no conseguían más que oírla, cantar. Un día estaba un pastor apacentando las ovejas y se acercó al él un señor preguntándole:
-"¿De dónde eres pastor?."
-"De Sobeirón, cerca de Llanes."
-"Pues en la cueva de la Roza está mi mujer encantada y quisiera que le llevarás un encargo..."
-"No tengo inconveniente en ello."

El desconocido le entrego entonces un pan de seis picos, recomendándole no comiera nada de él, y le dijo lo que tenía que hacer y decir a la puerta de la cueva.

Cuando llegó el pastor a su casa le preguntó su mujer:
 -"¿Porqué traes este pan?."
-"No me preguntes nada, ni se te ocurra empezarlo."

A la mañana siguiente se acercó el pastor a la cueva y dijo:
-"Sal mora encantadora/ que aquí hay quien te quiere ver/ yo te traigo un encarguito/ que te servirá muy bien."

Y le entregó el pan, pero como su mujer le había comido un pico, no pudo salir la mora. Entonces ésta le dijo al pastor:

-"Aquí tienes mi quincalla de oro, coge tres cosas."
Y cogió unas tijeras, un peine y una cinta de seda para su mujer. Después que los cogió le dijo la mora:
-"¡Maldito seas! ... Nunca te faltarán/ ovejas que trasquilar/ ni sarna que rascar,/y el cuerpo de tu mujer/lo verás tronzar."

Marchó el pastor, y al pasar por la vega de Sobeirón quiso ver cuan larga que era la cinta y, la ató por un extremo a un árbol y éste se tronzó como se tronzaría el cuerpo de su mujer si hubiera usado la cinta.

(Versión recopilada por Aurelio de Llano Roza de Ampudia)

CAPITULO V
"Otros tipos folclóricos de tradición celta"

- Las Donas, Los Encantos, Las Mouras, La Gallina y los Polluelos de Oro
- La Repetición de Versos, Palabras, o Correspondencia Numérica
- El Origen de los Lagos e Inundaciones
- Tesoros Ocultos
- La Santa Compaña, La Güestia
- Los Anuncios de Muerte

Según lo analizado en el Capítulo I de la presente obra, los Motivos son elementos arquetípicos presentes en el sustrato tradicional. Son acontecimientos o sucesos simples, actores humanos, animales, o sobrenaturales, e incluso manifestaciones del pensamiento mágico. Cada pueblo internaliza dichos motivos según sus propias concepciones míticas del mundo que les rodea, o los toma tal como se van transmitiendo en su folclore.

Los Motivos, cuando no perduran en forma autónoma, se encadenan bajo la forma de Tipos Folclóricos, modelos metodológicos necesarios para establecer una ilación de las variantes populares que hacen a su vez a las versiones del cuento.

Los motivos folclóricos permiten'a su vez rastrear los caminos trazados por la tradición oral según su grado de Complejidad, y a veces determinar el lugar y forma originaria de la leyenda en cuestión.

A lo largo de esta obra vimos analizados algunos tipos folclóricos: El trasgo, El Tronante, Las Donas y las Xanas. Pero en realidad el número es por demás abundante, y es por ello que creo necesario citar ciertas referencias.

La Repetición de Versos. Palabras, o Correspondencia Numérica.

Responden a mi entender una clara función nemotécnica. Conteniendo incluso ciertos resabios de religión druídica, donde los métodos de enseñanza tenían relación con los números, ya sea con función nemotécnica o mítica.

Un buen ejemplo es el tema popular bretón recopilado por Hersart de Villemarqué (35) titulado 'Las Series o el Druida y el Niño', veamos un fragmento de un particularmente popular en Cornualles:

El Druida: -"Despacito, buen hijo del druida; contéstame, despacito, ¿qué quieres que te cante?".

EL Niño: -"Cántame la serie del número nueve, hasta que hoy la aprenda yo".

El Druida:- "Nueve manitas blancas sobre la mesa de la Era, cerca de la torre de Lezarmeur, y nueve madres que mucho gimen.

Nueve Korrigan que danzan con flores en el pelo y vestidas de lana blanca, alrededor de la fuente, a la luz de la luna l lena .

La jabalina y sus nueve jabatos, en la puerta de su revolcadero, gruñendo y hozando, hozando y gruñendo. ¡Pequeños! ¡Corred al manzano!, el viejo jabalí os va a dar la lección.

Ocho vientos que soplan; ocho fuegos con el Gran Fuego, encendidos, el mes de Mayo, en la montaña de la guerra.

Ocho terneras blancas como la espuma, que pacen la hierba de la isla profunda: las ocho terneras blancas de la Señora.

Siete soles y siete lunas; siete planetas, comprendida la Gallina. Siete elementos con la har ina del aire (los átomos .)

Seis niños de cera, vivificados por la energía de la luna; si tú lo ignoras, yo lo sé.

Seis plantas medicinales en el pequeño caldero, el enanito mezcla la pócima en el caldero con el dedo meñique en la boca.

Cinco zonas terrestres; cinco edades en la duración del tiempo; cinco peñas sobre nuestra hermana.

Cuatro piedras de afilar, piedras de afilar de Merlín que afilan las espadas de los valientes.

Tres partes en el mundo hay, tres comienzos y tres finales, tanto para el hombre como para el roble.

Dos bueyes unidos a un caparazón. Ellos tiran, van a expirar; ¡qué maravilla!

No hay serie del número uno: la Necesidad única, el Óbito, padre del dolor; nada antes; nada más."

(El citado canto abarca hasta el número doce según la recopilación)

Ejemplo similar de relación lo hallamos en las 'Palabras de San Juan Retornadas' las cuales según Bouza Brey, poseen cierta índole relativa al culto solar, por estar relacionada la f iesta de San Juan, con el solsticio de Verano.

El canto como ejercicio nemotécnico sobrevive hoy tanto en Galicia como Asturias. Un buen ejemplo de ello son los 'Rezos de Niños' con sus crecientes y repetitivos estribillos. Versión recogida por L. Careé Alvarellos (36) en Vilancostas, La Estrada, Provincia de Pontevedra.

Érase un viejo que plantó una viña.
Lunes y martes/ de madrugada, /tras la colina/ de la piedra agujereada
Vino la cabra y mordisqueó la viña que el viejo plantara.
Lunes y martes/ de madrugada, /tras la colina/ de la piedra agujereada
Fue el perro y mató a la cabra que mordisqueó la viña que el viejo plantara.
Lunes y martes/ de madrugada, /tras la colina/ de la piedra agujereada
Vino el palo y mató al perro que mató a la cabra que mordisqueó la viña que el viejo plantara.
Lunes y martes/ de madrugada, /tras la colina/ de la piedra agujereada
Vino el fuego y quemó el palo, que mató al perro, que mató a la cabra, que mordisqueó la viña que el viejo plantara.
Lunes y martes/ de madrugada, /tras la colina/ de la piedra agujereada
Vino el agua y mató al fuego, que quemó el palo, que mató al perro, que mató a la cabra que mordisqueó la viña que el viejo plantara.
Lunes y martes/ de madrugada, /tras la colina/ de la piedra agujereada
Fue el buey y se bebió el agua, que mató al fuego, que quemó el palo, que mató al perro que mató la cabra, que mordisqueó la viña que el viejo plantara.
Lunes y martes/ de madrugada, /tras la colina/ de la piedra agujereada
Vino la cuerda y prendió al buey, que bebió el agua, que mató al fuego, que quemó al palo, que mató al perro, que mató a la cabra, qué mordisqueó la viña que el viejo plantara.
Lunes y martes/ de madrugada, /tras la colina/ de la piedra agujereada
Vino el ratón, y mordisqueó la cuerda que prendió al buey, que bebió el agua, que mató al fuego, que quemó al palo, que mató al perro, que mató a la cabra, qué mordisqueó la viña que el viejo plantara.
Lunes y martes/ de madrugada, /tras la colina/ de la piedra agujereada
Vino el gato y comió al ratón, que mordisqueó la cuerda, que prendió al buey, que bebió el agua, que mató al fuego, que quemó al palo, que mató al perro, que mató a la cabra, qué mordisqueó la viña que el viejo plantara.
Lunes y martes/ de madrugada, /tras la colina/ de la piedra agujereada
Similar ejemplo encontramos en la leyenda traducida del gaélico por Douglas Hyde y que fuera publicada por William B. Yeats (37), bajo el nombre de "Munachar y Manachar".
Veamos un fragmento:

-"Dios te salve "- dijo la vara.
-"Dios y María te salven a ti" (respondió Munachar)
-"¿Cuán lejos vas?"
-"Voy a buscar una vara, para construir un listón, un listón para colgar a Manachar, quien comió de
mis frambuesas, una por una"
-"No me obtendrás," dijo la vara "hasta que consigas un hacha para cortarme."
Llegó ante el hacha. -"Dios te salve dijo el hacha.
-"Dios y Maria te salven."
-"¿Cuán lejos vas?"
-"Voy en busca de un hacha, un hacha para cortar una vara, una vara para construir un listón, un listón para colgar a Manachar, quien comió mis frambuesas una por una."

....

-"No me obtendrás," dijo el gato, "hasta que obtengas leche para mí."
Llegó ante la vaca. -"Dios te salve," dijo la vaca, Dios y María te salven."
-"¿Cuan lejos vas?
-"Voy a buscar una vaca que me dé leche, leche para el gato, gato que rasguñará la manteca, manteca que pondré en las garras del sabueso, sabueso que cazará al ciervo, ciervo que-, nadará en el agua, agua que mojará la laja, laja que afilará el hacha, hacha que cortará, la vara, vara para construir un listón, listón para colgar a Manachar quien comió mis frambuesas una por una."

El Origen de los Lagos e Inundaciones.

No cabe duda que los Lagos forman parte también de la mitología acuática. En Galicia a pesar que no existen muchos lagos, existen algunas como, el de Doniños, Carreira.

Antela, donde las leyendas entretejen mitos acerca de ciudades sumergidas. Siendo por ejemplo las de la "Laguna de Doniños" o "La Virgen del Monte y la Laguna de Cospeito" originarias de Valverde y de concepción cristiana, incluyendo semejanza con el diluvio universal, elemento natural que termina con los males del mundo.

Pueblos hundidos por las aguas por no querer recibir a la Virgen María o a otro personaje santo que hasta allí llegaba de a pie. De ahí deriva cierta adoración a los lagos donde viven las almas e incluso las Donas.
Y ya que hablamos de "Doncellas Lacustres", no debemos olvidar el paralelo Bretón, no sólo en la figura de la Dama del Lago, sino también en la ciudad de Ys, sumergida ésta bajo el mar a cusa de los pecados de sus moradores, en el 395 D. C. en la bahía de Douarnenez.

Tanto en Galicia, Asturias, como otros pueblos célticos, las fuentes, los ríos, el mar, los montes, forman parte de un culto que respeta sus virtudes.

Tal el caso de la Laguna Sacra sita en lo alto del monte entre Olives y Seranee, en el municipio de Forcarey, Galicia. El mismo presenta en su perímetro, vestigios de haber estado amurallado--, allí yacen los cuerpos de guerreros muertos en batalla, o quizá la Iglesia la haya cercado para impedir que se le ofrezcan sacrificios como pan, o lienzos continuando con la antigua tradición céltica.

En Escocia existe la creencia en cierto espíritu femenino causante de las inundaciones, como así también ligado a la custodia de pozos de agua y arroyos. Se trata de la "Cailleach" que esconde tras de sí a una diosa primitiva, quizá cierta 'Artíona' emparentada con la naturaleza virgen y la fertilidad.

Se la concibe también como personificación del invierno, es la Hija de Orianan, El Sol Invernal. Renace con cada fiesta de Samoni/Sahmain (1/Nov, Fin del Gran Verano") para vagar azotando los campos con nieve y borrasca.

En Irlanda una Doncella Feérica es la responsable del origen del Lago de Inchiquin al desposar a un mortal y romper la promesa de no invitar a nadie a su morada y revelar así su identidad emparentada a las fuentes y ríos.

El lago de Owen, en el condado de Meath, se remonta a los tiempos del Pueblo de la Diosa Danu (Tuatha de Danann) cuando una hechicera consigue prestado el lago de otra homologa del pueblo de los Firbolg (pueblo que fuera conquistado por los primeros, posiblemente los Firbolg sean de origen belga.), obligando de esa forma que su hijo despose una doncella de Westmeath.

El lago continúa en el mismo sitio, por lo que podemos imaginar que el préstamo terminó bajo la forma de hurto.

Tesoros Ocultos.

Encontramos razones claras de dicha creencia tanto en Galicia como en Asturias la permanencia de castros, y en especial dólmenes, mucho de los cuales fueron saqueados a la espera de algún hallazgo.
No olvidemos, la existencia de personajes folclóricos cuya función es custodiar dichos tesoros, ya sean los Mouros y Encantos gallegos y asturianos, como los korred bretones entre otros.

Por otro lado,la actividad minera ha sido prolífera desde tiempos remotos. Según el historiador romano Plinio, Asturias, Galicia y Lusitania, han producido juntas en un año, 20.000 libras de oro, de las cuales la mayor parte salió de Asturias."

La Santa Compaña (Galicia) ; La Güestia, La Hueste (Asturias)

La 'Mala Güeste' , llamada también "Estantigüa", ha sido una creencia común a toda España desde tiempos remotos, aunque Menéndez Pelayo le atribuye origen céltico.

Joan Coraminas (38) rastrea su origen lingüístico en el francés antiguo para 'Arlequín' : "Herlequin", el cual empleado en la frase "Mesnie Herlequin", significa Estantigua o Procesión de Diablos.

Cabe destacar que las primeras creencias en la Estantigua estaban ligadas a los fenómenos atmosféricos, especialmente los germanos la concebían como la cabalgata nocturna del dios Wotan. Entre los anglosajones era "El Rey Herla", de donde Kemp Malone (39) supone vendría el francés antiguo 'Herlequin'.

El dios céltico del Trueno, "Taranís'" perdura hoy día en ciertos caracteres del mito del Tronante. Esta cabalgata en constante marcha y sin reposo es asociada con los ruidos desconcertados de las noches de tormenta.

El clero, incapaz de borrar esta tradición y deseoso de dejar en el olvido las ultimas creencias paganas, la identificó con una procesión de demonios o de almas condenadas a una cabalgata perpetua. Así 'Estantigua' en forma antigua: 'Hueste Antigua', procede del latín "Hostis Antiquus" "El Viejo Enemigo" que los Padres de la iglesia aplicaron al demonio.

En el Minho portugués se habla de "un séquito fúnebre que algunas personas ven en sueños: llevan un gaitero con el bombo, y una caja que tocan las 'estántegas'." - o sea las ánimas o aparecidos.

J.Coraminas (38) señala el vocablo 'Estadea' en Galicia, que significa "Fantasma Mortuorio", "Transparente, Blanco" , aunque no puede precisar contaminación de 'Estadal': Cirio, Candela Mortuoria. O de un adjetivo 'Estadio': Estantío; o si hay que pensar en una voz de etimología independiente (germanismo o celtismo).
G.Borrow (40) en su paso por Galicia recoge un dato folclórico que creo necesario -transcribir para ustedes:

G.Borrow -"¿Llegaremos a Corcubión esta noche?" - pregunté al guía cuando, al salir del valle, nos encontramos en un descampado al parecer sin límites.

El Guía: - "No podemos, y este descampado no me gusta nada. El sol va a ponerse enseguida, y entonces, como haya niebla, nos encontraremos a la Estadea."

G.Borrow:-"¿Qué es eso de la Estadea?."

El Guía: -"¡Qué es eso de la Estadea!". ¿Me pregunta mi amo qué es la 'Estadinha'?.

-"No me he encontrado a la Estadinha más que una vez, y fue en un sitio como éste. Iba yo con unas mujeres, y se levantó una niebla muy espesa. De pronto empezaron a brillar encima de nosotros, entre la niebla, muchas luces; había lo menos mil. Se oyó un chillido tremendo, y las mujeres se cayeron al suelo gritando: " ¡Estadea, Estadea!" Yo también me caía y gritaba: "¡Estadiña, Estadiña!..."

-"La Estadea son las almas de los muertos que andan encima de la niebla con luces en las manos. Con franqueza, mi amo, si encontramos a las almas, me escapo y no paro de correr hasta tirarme de cabeza al mar.
Esta noche ya no llegamos a Corcubión; mi única esperanza es que encontremos por aquí una choza donde podamos defendernos de la Estadiña."

Como vimos anteriormente, aunque la superstición sea germánica, el nombre es de procedencia clerical y aplicable al demonio, aunque el pueblo asimiló 'Hostis' en el sentido de 'Tropa', o 'Hueste' y no en un sentido clásico e individual, y así lo hizo femenino.

Podemos ahora concluir que este Ejército o Procesión de Demonios Celestiales, que acompañan al dios del trueno, convive en ciertos rasgos paganos de la actual creencia en la Santa Compaña o la Güeste.

No olvidemos la constante y penosa marcha de esta Procesión de Almas en Pena, y la antigua creencia que las almas viles iban hacia la bóveda celestial, ámbito que nuestros antepasados consideraban como el infierno.

Para dar con estos tesoros es necesario poseer los preciados mapas y acertados esconjuros, sin los cuales la empresa sería inútil. "El libro de San Cipriano" o "El Ciprianillo" es conocido tanto en Asturias como Galicia.

Este libro, del cual existen prolíferas versiones, requiere además de la participación de dos y tres sacerdotes, la invocación al demonio.

Es importante que el sacerdote sepa leer y desleer, pues si sólo sabe leer, comenzará a levitarse a tal altura que irremisiblemente habrá de caer muriendo con el golpe, mientras que al desleer podrá descender poco a poco.

El coraje y la osadía son primordiales para hacer frente al demonio. En algunas leyendas son los mismos Cuélebres, Mouros, y Encantos quienes aparecen. Dejar de leer y huir es práctica fatal para los invocadores.

Existen además las llamadas 'Gacetas', que en Asturias llaman también 'Liendas' o 'Gacepas', se tratan en realidad de manuscritos o impresos antiguos. Poseen datos topográficos precisos, las señas exteriores para distinguir los puntos que ocupan, e incluso una lista de esconjuros con los que se desencantan los tesoros ocultos.(41)

El Fray Benito Feijóo nos habla de ellos como 'Librejos Manuscritos' y transcribe una de lista de conjuros de uno de ellos:
"Rocíen todo alrededor donde estuvieren con agua bendita, y después con un humazo en una olla grande, con mirra e incienso, y laurel, y hierbas de San Juan, y romero, y piedra azufre, y ruda, todo esto bendito se ha de fumar el círculo todo alrededor, y por todo él muy bien; después dejarlo estar incensando el medio; y así como fuera acabando, se ha de ir echando agua bendita y cuando lo hallen (el tesoro), lo han de fumar muy bien para quitarle el veneno y pestilencia" pues "algunos tesoros están encantados y los demonios (o uno o muchos en, cada sitio) los guardan donde están sepultados de modo que no pueden parecer o descubrirse si primero con la virtud de los exorcismos no se arrojan de allí los malignos Espíritus."

He aquí un párrafo de una Gaceta que circuló por Caravia, Asturias:
"En la fuente de la Llana (Xana), fuente Blanca de Caribe, a tres pasadas del ojo de la fuente en dirección al mar, hay una llaniza, a su orilla cavarás, y a nueve codos encontrarás una tumba, y en ella hay mucho oro, y una gargantilla de rubíes y esmeraldas, que valen más que una ciudad".

Cabe destacar que las "Ayalgas" no son jóvenes encantadas que custodian tesoros, tanto en León como Asturias significan "Hallazgo". Y en Asturias significan originariamente 'tesoros ocultos bajo tierra'.

Según una Gaceta de San Martín de Luiña "En términos de Ferrerín/ hay una yalga guardada, /está muy mala de hallar/ y está fácil de encontrar/ si la busca una mujer/ con la rueca de filar."
Se los llama 'Ayalgas', en Morcín, Riosa, Belmonte y Allande; 'Yalgas', en Cudillero y Luarca; 'Chalgas' en Teverga y Somiedo, entre otros.

La marcha suele estar encabezada por una persona viva, quien porta la cruz o el caldero de agua bendita, o bien una gran tea ardiente o 'facha', no pudiendo bajo ningún pretexto volver la cabeza. Cada difunto suele portar una luz que no todos ven, pero sí es posible percibir el olor de la cera que arde.

El único modo en que la persona viva puede librarse, es pasándole a otra persona que encuentre en el camino, la tea ardiente, la cruz o el caldero, siempre y cuando el tercero no describa un círculo en la tierra y se pare dentro de él. En algunos sitios anuncian la muerte tirando piedras al tejado de la persona en cuestión.

Este motivo tradicional referido a las Almas en Pena, es generalizado en los países célticos, ya sea en forma de procesión o aparición grupal como la Sluagh de Escocia o las Ánaon de Bretaña. También se las ve en forma solitaria como el Will O' the Wisp o Juan Hijo de la Linterna, originario de Irlanda, quien es identificado como una luz que titila vagabunda por las noches.

Aunque éste no predice la muerte, función que es atribuida a la Bean-sí, cierta especie de Lavandera, como viéramos en dicho capítulo. Para muchos son las luces que se escapan de las Colina Huecas donde habitan los seres feéricos, para otros los faroles de las almas en pena que deambulan por la oscuridad de los campos.

Los Anuncios de Muerte.

Es creencia particular de los pueblos celtas, la convivencia de las almas de los difuntos entre los vivos.

Las almas vagan por las noches "unidas como los tallos de los prados o la arena de las playas" escribe el bretón Anatole Le Braz. Vagan por sus hogares mundanos y se calientan frente a las brasas en las noches de invierno.

Así en Lugo, está prohibido barrer la casa de noche "porque se les da para atrás a las ánimas, impidiendo que se calienten en el hogar", y en el día de los Difuntos en Tuy, suelen echar un leño al fuego para que las almas se conforten al calor.

Son las teorías de lo feérico que pueblan la noche del pensamiento mágico celta. Sin acudir a las Videntes o Malas Artes, el celta cree en la existencia de 'Señales' o 'Anuncios'.

Como vimos, La Santa Compaña anuncia la muerte, llevando al difunto que se va enterrar pronto. A veces recrean la escena del entierro que se llevará a cabo, con acompañantes y curas, mismas voces y llantos.

Escuchar un llanto, y reconocer la voz de la persona que solloza sin que éste lo esté haciendo, es también señal. De igual manera, escuchar golpes en la puerta de la casa tres veces por la noche, sin que pueda verse a persona alguna hacerlo. Es la personificación de la muerte que viene a reclamar las almas de los próximos a morir, hecho generalizado en Armórica bajo la figura del 'Ankus'.

Existen también aves de carácter augural. La ornitomancia implica algunas veces anuncios del mal, otras, la causa.

Cuando una gallina canta de noche igual que un gallo (quizá para engaño del zorro) significa desgracia próxima. Para evitarla, se debe matarla haciendo recaer la desgracia anunciada sobre ella misma.

El cuco, conserva su carácter oracular en el canto. Según las veces que lo haga, responde en años de vida o tiempo de espera para casarse, alumbrar, o morir una persona.

Las palomas y golondrinas son pájaros de buena, suerte, siendo mucho mayor para la casa en que anidan.

El canto del búho o el batir de sus alas contra los cristales de la ventana, o el apoyarse en el tejado. Son también señales de anuncio de muerte.
Igual creencia en el caso de la lechuza, el cuervo, y la urraca. Si los cuervos graznan del lado derecho de la casa es buena señal, no así del lado izquierdo. Cuando se los ve, fuera de estación, es el peor augurio.

De igual manera, los árboles poseen sombras malas y sombras buenas, carácter sagrado o feérico, aquellos que, se pueden talar y aquellos que no, resabios éstos de las prácticas de religión druídica.

CAPITULO VI
"El Círculo de la Tradición Celta"

- La Leyenda de Knock Grafton - (Irlanda)
- Dia Luin, Dia Mairt - (Irlanda)
- Los Dos Hombres con Joroba - (Galicia - España)
- El Jorobado y las hechiceras - (Galicia - España)
- La Canción y Danza de los Korred - (Bretaña en Armórica - Francia)
- Leyenda Afín: Pepito el Corcovado – (Castilla – España)
- Estudio Comparativo de los nativos Tradicionales
- Clasificación de los Tipos y Motivos Folclóricos según Stith Thompson
- Conclusión

La Leyenda de Knock Grafton (Irlanda)

Brian Froud es hoy uno de los hombres que ha delineado en cierta forma la reconstrucción de la mitología feérica y sus personajes. Como dibujante inmerso en el contexto de creencias en estos seres míticos realizó no sólo trabajos gráficos, sino que también recreó muchos de los entes que luego, otros darían cuerpo y vida en películas como "El Cristal Oscuro" y 'Laberinto'.

Junto a Alan Lee se lanzan a la tarea de compendiar en un libro acampanado de textos y referencias las mejores representaciones gráficas del mundo feérico. (Así también Froud desata su propia vivencia arquetípica en su libro 'La Tierra de Froud') El libro en cuestión se llama 'Feéricos' ("Faeries" - Peacock Press/Bautam Books © 1978)

Fue en éste libro donde por primera vez leí una síntesis de la leyenda, pero no fue hasta dar con el imprescindible "Cuentos Folclóricos y Feéricos de los Campesinos Irlandeses", editado y seleccionado por William Butler Yeats, donde encontré la que supongo versión original recogida por T. Crofton.

Croker en su libro "Leyendas Feéricas y Tradiciones del Sur de Irlanda", editado en 1823 al que le siguieron otros dos volúmenes.
Al seleccionar ésta leyenda W.B.Yeats nos comenta: "-Foso-, no significa realmente un lugar con agua, sino un túmulo. Luego incluye la partitura de la melodía que según Crocker, entonaban los Cuentistas o Shanachies al narrar la historia, melodía en verdad bastante antigua.

Mr.Douglas Hyde, folclorista gaélico parlante, poseedor de un avanzado método de estudio y colaborador de W.B.Yeats, escuchó la misma historia mucho tiempo después de la muerte de Thomas.C.Croker, en la región del Connaught pero con una variante en la canción feéricas "Peean Peean daw feean / Peean go leh agus leffin" (Pighin, Pighin, da phighin, pighin go leith agus leíth phighin) lo que en gaélico significa: "un penique, un penique, dos peniques, penique y medio, y medio penique." Les transcribo aquí esta fascinante leyenda...

Había una vez un hombre humilde que vivía en el fértil valle de Aherlow, al pie de las oscuras montañas de Galtee, y tenía una enorme joroba en su espalda: parecía que todo su cuerpo había sido recogido y puesto en sus hombros, y su cabeza estaba tan aplastada por el peso que sus mejillas solían descansar sobre las rodillas para ganar soporte mientras permanecía sentado.

Los campesinos tomaban cierta cautela para no hallarle en algún lugar solitario, aunque pobre criatura, era tan inocente e inofensivo como un niño recién nacido; a pesar de ello su deformidad era tan grande que apenas semejaba un ser humano, y algunas personas malévolas hicieron correr extrañas historias acerca de él. Se comentaba que poseía un gran conocimiento sobre hierbas y encantamientos, pues lo cierto es que poseía una sorprendente destreza manual en el tejido con mimbre y junto de sombreros y cestos, cualidad que le permitía ganarse la vida.

Lusmore (42) pues ese era el sobrenombre que le habían puesto ya que siempre llevaba un pimpollo de dedalera, conocido vulgarmente como Gorro Feérico o Lusmore en su pequeño sombrero de paja, obtenía mayores peniques por sus tejidos que cualquier otro y quizá aquella era la razón por la cual algunos envidiosos hicieron circular extrañas historias acerca de él.

Sea como fuere, sucedió que regresaba una tarde del hermoso pueblo de Cahir hacia Cappagh, y mientras el pequeño Lusmore caminaba, lentamente debido a la gran joroba en su espalda, era casi de noche cuando llegó al antiguo foso de Knock Grafton (43) el cual se encontraba en el lado derecho de su camino. Estaba cansado y fatigado, y ningún modo a gusto al pensar en el largo trecho que le quedaba por recorrer y que estaría caminando toda la noche se sentó entonces bajo el foso para descansar y comenzó a observar la luna apesadumbrado, la cual - "Elevándose en nubosa majestad al fin/ Reina Aparente, descubrió su penetrante luz/ y sobre la oscuridad, su manto de plata extendió."

Pronto el tosco acorde de una melodía no mundana llegó a oídos del pequeño Lusmore, prestó atención y pensó que nunca antes había escuchado tal música atrayente. Era como el sonido de muchas voces, cada cual mezclando y confundiéndose con la otra de forma tan extraña, que semejaban ser una sola, aunque cantando todas en diferentes tonos y las palabras de la canción eran éstas: Da Luan, Da Mort, Da Luan, Da Mort, Da Luan, Da Mort; (en gaélico: Lunes, Martes;). Un momento de pausa, y luego el giro de la melodía continuaba otra vez.

Lusmore escuchó atentamente, apenas respirando, cosa de no perderse la más mínima nota. Percibió entonces claramente que el canto provenía del interior del foso, y aunque al comienzo le había encantado tanto, comenzó a cansarse de escuchar el mismo giro cantado una y otra vez, tan a menudo y sin el menor cambio.

Entonces, aprovechándose de la pausa luego que Da Luan, Da Mort, fuera entonada tres veces, tomó la melodía por su propia cuenta y le agregó: Agus Da Dardeen (y Miércoles.)Luego continuó cantando junto a las voces dentro del foso, Da Luan,Da Mort, concluyendo la melodía cuando llegaba la pausa otra vez con Augus Da Dardeen.

Los feéricos dentro de Knock Grafton, pues la canción era una melodía feérica, cuando escucharon ésta adición a la tonada, quedaban tan contentos con ella, que en un instante determinaron traer al mortal ante ellos, cuya destreza musical excedía en tal medida la suya propia. Y el pequeño Lusmore fue conducido hacia su compañía con la turbulenta rapidez de un torbellino.

Magnífica de contemplar era la escena que surgió frente a él mientras descendía a través del foso dando vueltas y vueltas con la ligereza del mimbre, y al compás de la música más dulce.

Los más grandes honores le fueron reconocidos, pues fue considerado por encima de todos los músicos, y le cedieron sirvientes para atenderle y cualquier cosa que colmara sus deseos más sinceros, en verdad una calurosa bienvenida; en resumen, fue agasajado de forma tal como si fuera el primer hombre en la comarca.

Pronto observó Lusmore que los feéricos estaban conferenciando, y sin dejar de considerar su cortesía, sintió mucho temor, hasta que uno avanzó hacia él y dijo-"Lusmore, Lusmore, / no dudes, ni deplores,/ pues la joroba que es tu desconsuelo/ en tu espalda no causará más dolores;/mira hacia el suelo/ y obsérvala Lusmore."
Luego que estas palabras fueron dichas, el pobre pequeño Lusmore se sintió tan aliviado, y tan contento, que creyó poder dar vuelta a la Luna de un sólo salto, como la vaca en la historia del gato y el violín; y observó con indecible placer, su propia joroba tumbarse en el suelo desde sus hombros.

Luego trató de levantar la cabeza, y lo logró sin tener cuidado, con temor de golpearse contra el cielorraso de la gran sala donde se encontraba; miró, a su alrededor una, y otra vez con gran asombro y contento.

Cada objeto parecía más y más hermoso; y exaltado de presenciar tal resplandeciente escena, comenzó a sentir vértigos y su visión comenzó a oscurecerse.

Finalmente cayó en un profundo sueño, y cuando despertó descubrió que era pleno día, el sol brillaba en todo su esplendor, y los pájaros cantaban dulcemente, y notó que se hallaba recostado al pie del foso de Knock Grafton, con las vacas y ovejas apacentando pacíficamente a su alrededor.

La primer cosa que hizo Lusmore, luego de decir sus plegarias, fue colocar su mano, por detrás para sentir su joroba, pero no había señal alguna de ella en su espalda, y se miró a sí mismo con gran orgullo, pues se había convertido ahora en un apuesto y bien formado jovencito, y más que eso, se halló en un traje nuevo, el cual supuso fuera confeccionado por los feéricos para él.

Y hacia Cappagh se dirigió, saltando ágilmente, y avanzando a cada paso como si hubiese sido toda su vida, un maestro de danzas. Ninguna criatura reconoció a Lusmore sin su joroba, y tuvo grandes problemas en persuadir a cada uno que él era el mismo hombre en verdad no lo era, tan lejos estaba de su anterior apariencia.

Por supuesto la historia de Lusmore y su joroba no tardó mucho en saberse, y causar gran admiración. A través del país, por millas a la redonda, era la conversación obligada de cada persona, en altas y bajas esferas.

Una mañana, mientras Lusmore se hallaba sentado a la puerta de su cabaña demasiado satisfecho, vino hacia él una anciana, quien le preguntó si podía encaminarla hacia Cappagh.

"No preciso darle ninguna guía, mi buena señora" dijo Lusmore, "pues está en Cappagh; ¿ y a quién busca aquí?."

"Vengo" - dijo la mujer, - "de las tierras de Decie, en el condado de Waterford, en busca de un tal Lusmore, quien he escuchado decir, le fuera quitada la joroba, por los feéricos; pues el hijo de una madrina mía tiene una joroba sobre él que será su muerte; y quizá si utiliza el mismo artificio que Lusmore, la joroba pueda serle extraída. Y ahora te he contado la razón por la que vengo desde tan lejos: es para averiguar sobre ese artificio, si me es posible."

Lusmore quien fue siempre en una persona bien predispuesta, le contó a la mujer todos los detalles, de cómo había conducido la tonada para los feéricos en Knock Grafton, cómo le había sido quitada la joroba de sus hombros y cómo había conseguido por añadidura un nuevo traje.

La mujer le agradeció mucho, y se retiró muy contenta y libre con sus propios pensamientos. Cuando regresa a la casa de su madrina, en el condado de Waterford, le refirió todo lo que Lusmore le había dicho, y ubicaron al pequeño joroba do, criatura displicente y malhumorada desde su nacimiento, en un automóvil y lo condujeron todo el camino a través de Irlanda.

Fue un largo viaje, pero ello no les importó, así que hicieron descender al jorobado y lo llevaron justo al anochecer, al foso de Knock Grafton y allí le dejaron.

Juanito Exasperante -pues así se llamaba el pequeño jorobado-, no había permanecido por mucho tiempo cuando escuchó la tonada proveniente del foso, mucho más dulce que antes; pues los, feéricos la entonaban -a- la manera en que Lusmore había arreglado la melodía para ellos, y la canción continuaba Da Luan, Da Mort, Da Luan, Da Mort, Da Luan, Da Mort, Agus Da Dardeen, sin detenerse un sólo instante.

Juanito Exasperante, quien sentía un gran apuro por librarse de su joroba, nunca pensó en esperar a que los feéricos hubieran concluido, o cuidar del momento oportuno para entonar una variación más alta que la de Lusmore; así pues, habiéndoles escuchado cantar lo mismo por siete veces sin parar, comenzó a vociferar, sin importarle el compás o coloratura de la tonada, o cómo acomodar sus palabras en forma correcta, Agus Da Dardeen, Agus Da Hena, (en gaélico: y Miércoles, y Jueves) pensando que si un día era bueno, dos lo serían mejor; y que si Lusmore obtuvo un nuevo traje, él obtendría dos.

Tan pronto como sus palabras escaparon de los labios fue sujeto y arrebatado dentro del foso con fuerza prodigiosa y los feéricos se agruparon a su alrededor con gran enojo, chillando y gritando, y rugiendo: -

"¿Quién estropeó nuestra tonada? "¿Quién estropeó nuestra tonada?."

Uno de ellos avanzó desde el tumulto y dijo-"Juanito Exasperante, Juanito Exasperante, / tus palabras tan mal entonaron/ la melodía que festejábamos, / en este castillo te entregamos, / algo que a otro tomamos/ dos jorobas para Juanito Exasperante."

Y veinte de los feéricos más fuertes trajeron la joroba de Lusmore, y la colocaron sobre la espalda del pobre Juanito encima de la suya, donde quedó adherida como si la hubieran fijado con bisagras de doce peniques, por el mejor carpintero que alguna vez colocara alguna. Lo echaron fuera del castillo; y en la mañana, cuando la madre de Juanito y su madrina fueron en busca del hombrecito, lo hallaron medio muerto, yaciendo al pie del foso, con la otra joroba en su espalda.

Bueno, a decir verdad, ¡cómo se miraron una a otra!, pero tenían temor de decir alguna cosa, no sea cosa que otra joroba le fuera puesta en sus hombros. Llevaron, de regreso a casa al infortunado hombre, tan deprimidas en sus corazones y aspecto como las dos comadres que fueron; y por la pesada carga de su otra joroba, y la larga travesía, falleció poco después, dejando, según dicen, su gravosa maldición a cualquiera que fuera a escuchar música feérica otra vez.

Dia Luain, dia Mairt (Lunes, Martes) (Irlanda)

En mi comentario a 'La Leyenda de Knock Grafton' hice mención de cierta melodía entonada por los Cuentistas y que fuera recopilada por Thomas Crofton Croker. Pues bien, esta melodía ha perdurado en el folclore gaélico como parte de una canción que narra los mismos motivos tradicionales de la leyenda en cuestión.

La presente versión ha sido recopilada por Mary O'Hara. Mary es una cantante irlandesa dedicada a revitalizar las melodías gaélicas en lengua nativa acompañándose del arpa céltica que ella misma interpreta. En este caso reproduzco la versión traducida sobre la base del texto en inglés que figura en su álbum "Canciones Tradicionales de Irlanda": http://www.maryohara.co.uk/

El pobre y desdichado de Donall con una joroba en su espalda,
Se dirigió al valle una noche,
Cuando escuchó la suave, gentil música
de los Feéricos, viniendo hacia él en el viento.
Lunes, Martes, Lunes, Martes, Lunes, Martes.
Se detuvo y escuchó con atención cualquier susurro.
Estaba completamente extasiado por su maravillosa dulzura.
Pero dentro de él sentía temor,
Pues la música era defectuosa
y ellos no podían finalizar el verso correctamente.
Lunes, Martes, Lunes, Martes, Lunes, Martes.
Donall, el de joroba en la espalda, toma coraje y cantó agradablemente,
suave y tranquilo:
"Lunes, Martes, Lunes, Martes, Lunes, Martes, y Miércoles."
Cuando los feéricos escucharon el bello y brillante final musical
Se alegraron en demasía.
Quitaron la joroba de la espalda de Donall
y le enviaron de regreso como hombre completo.

Texto Original en Gaélico Irlandés

Bhí Dónall bocht cam agus dronn ar a dhroin
Ag gabháil tríd an ngleann ins an oíche
Nuair a chuala sé ceol ba chaoineadh na sióg
Ag teacht aige tearg na gaoithe
Chorus:
Dé Luain, Dé Máirt, Dé Luain, Dé Máirt Bhí Dónall cam agus dronn ar a dhroim
Dé Luain, Dé Máirt, Dé Luain, Dé Máirt Ag teacht aige learg na gaoithe
Dé Luain, Dé Máirt, Dé Luain, Dé Máirt Bhí na sióga ag canadh an amhrán sin gach oíche
Dé Luain, Dé Máirt, Dé Luain, Dé Máirt ag dahmsa timpeall an tine
Do stad sé agus d'éist go ciúin le gach séis
'S I ngéibheann ar glaoch binn is bhi sé
Ach a chroí istigh go breoigh mar do theip ar an gceoil
'S níoi cuireadh críoch coir leis an line
Ná ghlac Dónall cam agus dronn ar a dhroim
A mhisneach, agus chan go deas séideán
Dé Luain, Dé Máirt Dé Luain, Dé Máirt Dé Luain, Dé Máirt, is Dé Céadaoin
Nuair a chuala an slua sí, an críoch gheal míor bhinn
Nach orthu a bhíodh rí-rá agus áthas
Do bhain said an dronn de Dhónall bocht cam
Agus d'imigh abhaile gan meacan

Los Dos Hombres Con Joroba (Lugo, GALICIA)
El Jorobado y Las Hechicera (Coruña, GALICIA)

La primera de las versiones fue recopilada por el Centro de Estudios Fignoy en la obra 'Cuentos Populares de la Provincia de Lugo," Ediciones Galaxia 1963.

La segunda fue recopilada por Luis Carre Alvarellos, prestigioso folclorista al igual que su hermano Leandro, la misma aparece en su obra. 'Cuentos Populares de Galicia' Editada por la Junta del Distrito de Porto, 1968. Luis ubica esta leyenda en San Xian de Almeiras, Culleredo, Coruña.

Encontramos en estos dos ejemplos cómo "los motivos tradicionales son asimilados según, las propias creencias del pueblo gallego. Al no existir un arquetipo feérico totalmente enraizado a la manera celtoinsular, son los Mouros, Los Encantos, Las Donas, Las Grandes Serpientes, los que pueblan los castros, túmulos y cuevas.

En este caso la multitud de personajes feéricos son asimilados bajo la forma de brujas y hechiceras, personajes que tienen poder para quitar males y desatar desgracias. Y creo necesario hacer la salvedad que las "Bruxas" del primer caso y las '"Meigas" del segundo, si bien pueden ser consideradas como sinónimos, es mi deseo tratarlas como personajes distintos..."Brujas" las primeras, y "Hechiceras" las segundas.

Los Dos Hombres Con Joroba (Lugo, GALICIA)

Vivían en un pueblo dos hombres y ambos tenían joroba. Una noche, pasando uno de ellos por un camino sintió que dos brujas iban diciendo:
-"Lunes, Martes, y Miércoles tres."

Entonces él contestó diciendo:
-"Jueves, Viernes, y Sábado seis."

Al escuchar esto, una bruja le preguntó a la otra.
-"¿Qué debemos hacer con ese que dijo seis?".

-"Quitarle la joroba que tiene" contestó la otra.

Al día siguiente se encontraron los dos hombres, y viendo uno que el otro iba sin joroba, le preguntó qué remedio le quitó su joroba. El otro le contó lo sucedido y al escuchar su narración no tardó mucho en alejarse, dispuesto a actuar de igual manera.

Cuando llegó al sitio donde se quitaban las jorobas, escuchó efectivamente a dos brujas que iban diciendo:
-Lunes, Martes, y Miércoles tres."

Y él ni bien acabaron de decir esto contestó:
-"Jueves, Viernes, y Sábado seis."

Más viendo que nada sucedía agregó: -"Domingo, y Lunes ocho."

Al escuchar aquello, una bruja cuestionó a la otra lo que deberían hacer, y ésta así contestó:
"Ponerle la joroba que le quitamos al otro."

El Jorobado y Las Hechicera (Coruña, GALICIA)

Vivía en una aldea un jorobado más pobre que las arañas. Iba a pedir por las puertas y realizaba alguna tarea a cambio de un pote de caldos a algunas cortezas de pan de maíz. Un día que andaba por el monte recogiendo raíces pequeñas de brezo para encender un fuego en la casa, le sorprendió la noche; y le aconteció algo que nunca antes le había sucedido: extravió el camino."

Anduvo de un lado a otro dando vueltas y más vueltas, sin saber a dónde iba, hasta que de pronto vio relucir una luz en la oscuridad. Hollando entre las retamas espinosas, todo lastimado, llegó finalmente ante lo que parecía ser un cobertizo. No poseía parcela cultivada ni había señas de que viviera familia alguna allí.

Quiso espiar por la puerta mas no vio nada, pero escuchó mucho algarabía en la planta alta. Paso a paso se fue introduciendo en la casa y escuchó cantar a muchas mujeres. Subió las escaleras y al llegar al último escalón atisbo un poco por las puertas, y espió... Al comienzo sintió miedo pues allí había muchas mujeres tomadas de la mano, formando una ronda, brincando enloquecidas, cosa que estremecía... y cómo gritaban!. —"Lunes, y Martes, y Miércoles tres; Lunes, y Martes, y Miércoles tres."... a la vez que golpeaban el piso con las zocas para llevar el ritmo.

El jorobado sintió deseos de tomar parte en la diversión, pues era muy jocoso; y gritó tan fuerte como pudo: las hechiceras le oyeron, pues aquellas mujeres eran hechiceras, y lo situaron en el centro de la rueda para que las dirigiese.

Entonces el jorobado las hizo cantar a contrapunto, y cuando unas decían:
-Lunes, y Martes, y Miércoles tres.", venían las otras y contestaban: — "Jueves, y Viernes, y Sábado seis."

Tanto, tanto les gustó a las hechiceras, que ya iba llegando el día y el jolgorio aún continuaba. Y antes de retirarse le quitaron la joroba, dejándole transformado en un buen mozo,, y dándole además una saca con muchas onzas de oro."

Cuando llegó a su casa nadie le pudo reconocer mas dio razón de tantas cosas, que los vecinos quedaron absortos al ver el cambio que en él habían efectuado.

Transcurrieron los días, y como el jorobado, que ya no era tal, dejó de andar pidiendo por las puertas, y tenía dinero en abundancia.

Un vecino suyo jorobado y un tanto codicioso como pleno de envidia, le porfiaron de tal manera que éste al fin le contó lo ocurrido.

Seguidamente, mientras llegaba la noche, el codicioso jorobado se dirigió al monte en procura de la casa de las hechiceras hasta que al fin dió con ella; más le valiera no haberla hallado.

Era tal su codicia, que apenas llegó se plantó en el centro de la ronda y gritó cuanto pudo:
-"Voy a enseñarles mejor cosa, escuchad". Y cuando las hechiceras dijeron lo que el otro jorobado les había enseñado:
-"Lunes, y Martes, y Miércoles tres... Jueves, y Vienes, y Sábado seis.", agrego él para concluir:
-"...Y Domingo siete."

Al escuchar esto, las hechiceras deshicieron la rueda y brincaron él, y tantas y tantas le dieron con sus escobas, que el codicioso jorobado quedó casi muerto.

Cuando despertó por la mañana, no sentía su cuerpo, tanto le dolía. Le habían dejado molido de una vez, y al palparse reparó con espanto que las condenadas hechiceras le habían puesto dos jorobas, y ahora llevaba una por delante y otra por detrás.

Los Korred (BRETAÑA)

Los Bretones tienen cierta fascinación por los dólmenes. Mayor aún, existen creencias que atribuyen cierta ligazón a estos santuarios megalíticos y los seres feéricos las cuales califican bajo él nombre genérico de "Korr" que significa: "Pequeño".

Podemos considerar dos clases:
a) Las doncellas encantadas o Feés a quienes llaman 'Korrigan'... Según Hersart de la Villemarque, es la misma que citan los poemas de los bardos galeses bajo el nombre de 'Koridgwen', la principal de las nueve vírgenes que custodian la Copa Mágica que le fuera entregada por Taliesin continente del genio bárdico y el conocimiento universal. Mas los bardos bretones cuentan que Gwion El Diminuto, quien custodia de la copa ingiere tres gotas, de su contenido y al ser perseguido por Koridgwen bajo "la forma de gallina negra es engullido cuando intentaba pasar por un grano de trigo. A los nueve meses da a luz a un niño encantador llamado Taliesin."

Tal como anticipáramos, su nombre parece provenir de "Korr" "Pequeño", diminutivo de 'Korrik'. y de 'Gwen' o 'Gan': 'Genio'. El hecho es que las 'Korrigan' bretonas no distan mucho de las 'Xanas' asturianas o

"Donas" gallegas. Se las suele encontrar peinando sus rubios cabellos cerca de las fuentes próximas a los dólmenes, de las que son sus patronas. (44)

Tanto galeses como bretones ven, en el las c ier to sus trato rel igioso, son las druidesas de antaño condenadas a peni tencia con la l legada del Cr is tianismo a Armór ica. Por cier to, las c reenc ias ec les iás t icas las han conver t ido en genios noc turnos y del mal . Al igual que las anter iores suelen intercambiar sus hi jos por los de los humanos para que és tos los críen, guardan preciosos tesoros (bajo los dólmenes) y predicen el futuro con augurios o maldiciones.

b) Los 'Korred, Korrik, e incluso Korrigan' son similares a los 'Troll' escandinavos o 'Dwarfs', seres pequeños a los que se representa viviendo dentro de las colinas y túmulos, en familias o en sociedades con Reyes.

c) Pueden hacerse invisibles, poseen cualidad de Vates, pueden otorgar prosperidad y cambiar de forma.
Quizá fueron introducidos entre los Bretones por los Normandos. Los Korred son custodia de los tesoros ocultos entre dólmenes de los cuales son también constructores. Al igual que "Gwion" llevan consigo una bolsa en la cual se supone ocultan tesoros , aunque las leyendas nos dicen que quienes la hur tan sólo hallan cerdas sucias , pelos y un par de tijeras . Serán de todos los atr ibutos de Gwion y del Hermes Galo, la ciencia mágica y poética, cabalística, alquímica, metalúrgica y adivinatorias.

Son pues Vates al igual que las Korrigan y, como estas, son vulnerables frente a objetos santos y campanadas de una iglesia. Se considera el primer Miércoles de Mayo como día de su fiesta anual. Son afectos al canto, la danza y la mística.

Gozan de similares características los "Crions" o "Gorics", seres diminutos y fuerza increíble, constructores de dólmenes, habitan los maravillosos megalitos de Carnac, llamados en bretón "'Tri-Goriquet", 'El Hogar de los Gorics.' Otros que viven en los monumentos druídicos son los "Courils " . Todos ellos afectos también a la danza.

La siguiente leyenda fue recopilada por Thomas Keightley (45) de la Publicación "Tratados populares" , según versión de un tal H-Y, circunscripta al Valle de Goel.

La Canción y Danza de los Korred (Bretaña en Armórica)

El Valle de Goel se considera encantado por los Korred. Es por ello imposible transitar por ese lugar de noche sin ser forzado a unirse en sus danzas y quizá perder la vida al hacerlo.

Aún así una tarde, un campesino y su esposa pasaron por allí despreocupadamente y pronto se vieron envueltos por unos danzarines espíritus.

Quienes cantaban constantemente:
"Lez y,Lez hon,/Bas an arer zo gant hon;/Lez on, Le'z y,/Bas an arer zo gant y"/ "Déjalo ir, Déjalo ir,/Pues tiene la vara de la siega,/Dé jala ir, Déjala ir./Pues tiene la vara de la siega."

Al parecer poseían los campesinos el 'Fourche', o palo corto u horquilla, utilizado en Bretaña para golpear el grano, y esta fue su protección, pues los danzarines les hicieron lugar para que abandonen la rueda.

Cuando esto se supo, muchas personas protegiéndose de igual modo, gratificaron su curiosidad presenciando la danza de los Korred.

Entre el resto había dos sastres, Peric y Jean, quienes siendo algo traviesos, echaron suerte entre ellos para unirse a la danza.
Per ic resul tó electo, un jorobado pelirrojo, pero joven fornido de gran osadía. Se dirigió a los Korred y pidió permiso para tomar parte en su danza. Se la otorgaron, y todos juntos comenzaron a girar una y otra vez mientras cantaban "Dilun, Dimeurs,Dimerc'her" / "Lunes, Martes, Miércoles."

Peric, cansado de la monotonía, agregó a la pausa que siguió a la última palabra -"Ha Diriaou, ha Digwener."/ "Y Jueves, y Viernes."

"Mat,Mat!" /"¡Bien,Bien!" -gritaron ellos-, y agrupándose a su alrededor, le ofrecieron a que elija entre belleza, rango, o riquezas. Peric rió, y sólo les solicitó le libraran de su joroba y cambiaran el color de su cabello.

Seguidamente lo tomaron y lo lanzaron al aire, arrojándolo de mano en mano hasta que al fin descendió sobre sus pies, con una espalda recta y un hermoso y largo cabello negro.

Cuando Jean notó semejante cambio, decidió probar qué podía obtener de los poderosos Korred, así una tarde después, fue hacia ellos y le admitieron en la danza, la cual se acompañaba ahora con los versos agregados por Peric.

Para hacer su propia adición Jean gritó:
-"Ha Disadarn, ha Disul."/"Y Sábado, y Domingo."
-"¿Qué más, Qué más?"— exclamaron los Korred, era él sólo continuó repitiendo las mismas palabras.

Luego le preguntaron qué desearía, y él respondió que buscaba riquezas. Seguidamente lo tomaron y mantuvieron por el aire de mano en mano hasta que les rogó por clemencia, y al dar por el suelo notó que tenía el cabello pelirrojo y la joroba de Peric.

Al parecer los Korred estaban condenados a danzar continuamente, hasta que un mortal se les uniera en la danza, y luego de nombrar todos los días de la semana, agregase:
-"Ha cetu chu er sizun."/"Y ahora la semana ha terminado." Este sería el fin de su penitencia según Villemarqué.

Thomas Keightley agrega que los Korred castigaron a Jean por haber estado tan cerca del final y luego decepcionarlos.

Leyenda afín: Pepito El Corcovado (Castilla La Hueva)

Esta leyenda esta adscripta al parecer a la región cercana a Sierra Morena, constituida por el reborde meridional de la meseta castellana y la depresión del Guadalquivir. Conocida es la existencia del brillante pueblo de los Tartesios fundadores de un imperio comercial vínculos con griegos y fenicios, como así también la de los Iberos quienes penetraron por el Norte de África, extendiéndose por el Mediterráneo hasta llegar incluso a Francia. Tanto Iberos como Tartesios (asentados en lo que es hoy Extremadura, Castilla La Nueva y Aragón) recibieron gran influencia de la civilización celta al penetrar ésta en la península por el S. VI A.C. (o -viceversa, según algunos autores), dando origen a pueblos como los Celtíberos.

Es cierto que los iberos opusieron gran resistencia al avance celta pero de hecho ya en él. S IV la zona central de España ya estaba ocupada por este nuevo pueblo. Los celtas se dividieron a su vez en cuatro ramas: los lusitanos y gallegos al Oeste, -los primeros al SO y segundos al NO-, y los astures y cántabros en la zona meridional sobre las costas del Mar Cantábrico.

No veo pues gran daño en que tanto Portugueses como Castellanos clamen cierta raíz céltica, y es quizá esa raigambre la que permita la asimilación de leyendas con motivos tradicionales indoeuropeos.

Aunque como dijera en la Introducción al presente libro, en Castilla priva el empirismo en las leyendas antes que la imaginación, mas no por ello dejamos de hallar ejemplos como él presente.

He tomado la presente versión de la obra de Thomas Keightley (45) quien nos dice que existe en la recopilación según un tal Thomas: Lays y Leyendas de España.

Según Thomas, le fue relatada a un amigo suyo por Sir John Malcolm, quien la había escuchado durante su estancia en España. Keightley a su vez cita la existencia de otras versiones, donde la gente diminuta pasa a ser una comunidad de brujas quienes le quitan la joroba con un serrucho de manteca, "senza verum suo dolor".

Considerando a los motivos tradicionales como fuente de rastreo, podemos comprobar la gran semejanza existente entre la presente leyenda y la de ' Los Dos Hombres con Joroba' de la provincia de Lugo, Galicia. Quizá sea ésta última versión la que trascendió las fronteras, gallegas gracias a la tradición oral.

Respecto de la diferencia en los personajes agente, creo que ello se debe a una asimilación de Sir John Malcolm o alguno que la haya transmitido en la cadena oral, debida quizá a la construcción arquetípica del locutor en cuestión. Además, Keightley menciona una versión donde participan brujas, al igual que en la versión recopilada en Lugo, por lo que podemos inducir que existen versiones más próximas al original.

No debemos descartar a su vez la posibilidad que la versión castellana haya penetrado en la provincia de Lugo, debido a que allí los versos son recopilados en lengua castellana. Es posible que luego desde Lugo haya pasado a Coruña.

*Los invito a leer pues esta versión recopilada por Keightley de "**Pepito El Corcovado**":*

Pepito era un pequeño jorobado y se ganaba la vida con su canto, pues era el favorito de todos y solicitado constantemente para cualquier boda o festejo.

Regresaba una noche u hogar luego de un festejo, cuando decidió desviar su camino, pues debía asistir por la mañana a otro en Sierra Morena. Mas no encontró la senda correcta.

Ya cansado de tanto caminar se envolvió con su capa, dispuesto a pasar la noche bajo un alcornoque.

Apenas había entrado en sueños, cuando le sobresaltó un coro de pequeñas voces entonando una melodía con cierta familiaridad para Pepito.

-"Lunes, Y Martes, Y Miércoles tres." repetía el coro constantemente. Pareciéndole imperfecto agregó Pepito con cierta entonación: "Jueves, y Viernes, Y Sábado seis."

Esta variante maravilló a la Gente Diminuta (46) y por horas el lugar vibraba con *"Lunes, y Martes, y Miercóles tres/ Jueves, y Viernes, y Sábado seis."*

Hasta que al fin rodearon a Pepito y le ofrecieron recompensa por su acertada intervención. Luego de considerar la oferta Pepito les dijo que deseaba verse librado de su joroba.

Al instante quedó convertido en uno de los hombres más erguidos de toda España. A su regreso, todos los habitantes del pueblo quedaron maravillados por su transformación, y la historia comenzó a recorrer las comarcas vecinas.

Cierto día, otro jorobado llamado Cirilo, llegó a casa de Pepito. Quería conocer sólo los detalles acerca del lugar y cómo le había acontecido dicha transformación. Era impaciente y de carácter malévolo.

Una vez que Cirilo llegó al lugar, decidió mejorar su intervención. Así, cuando las voces entonaron el coro, Cirilo agregó a éste: -"Y Domingo siete".

Ya sea por la mención del Domingo, día de nuestro Señor, o por la falta de rima, Cirilo se vio envuelto en una lluvia de golpes y pinchazos. Y para aumentar su calamidad, la joroba de Pepito le fue agregada a la suya propia.

ESTUDIO COMPARATIVO DE LOS MOTIVOS FOLCLORICOS

IRLANDA	Galicia	Galicia	Bretaña	Castilla
"La leyenda de Knock Grafton" "Dia luin, Dia Mairt,,,,"	"Los dos hombres con joroba"	"El jorobado y las hechiceras"	"La canción y danza de los Korred"	"Pepito El Corcovado"
Jorobado bueno y pobre que trabja el mimbre	Primer jorobado protagonista	Jorobado muy pobre	Joven jorobado de gran osadía	Jorobado pequeño y cantor
Suceso Inesperado: de regreso al pueblo/paseo por el valle	Suceso inesperado: de paso por un camino	Suceso inesperado: al extraviar el camino	Suceso inesperado: al retar a los feericos	Suceso inesperado: al extraviar el camino
Melodía feérica: "Lunes, Martes,..."	Brujas cantando: "Lunes, Martes, y Miércoles tres..."	Hechiceras cantando: "Lunes , Martes, y Miércoles tres..."	Melodía feérica: "Lunes , Martes, y Miércoles tres..."	Melodía feérica: "Lunes , Martes, y Miércoles tres..."
Mejora la melodía al agregar :"y Miércoles"	Mejora la melodía al agregar :"Jueves, y Viernes, y Sábado seis"	Mejora la melodía al agregar :"Jueves, y Viernes, y Sábado seis"	Mejora la melodía al agregar :"Jueves, y Viernes"	Mejora la melodía al agregar :"Jueves, y Viernes, y Sábado seis"
Recompensa Feérica: quitan la joroba y obsequian un traje	Recompensa Feérica: quitan la joroba	Recompensa Feérica: quitan la joroba y obsequian monedas de oro	Recompensa Feérica: quitan la joroba y cambian color de cabello	Recompensa Feérica: quitan la joroba
Allegados no reconocen al personaje debido al cambio producido	Sorpresa al ver la transformación	Allegados no reconocen al personaje debido al cambio producido	Sorpresa al ver la transformación	Sorpresa al ver la transformación
Suceso Inusual: la noticia recorre la comarca	***	***	***	Suceso Inusual: la noticia recorre la comarca
Interés por los detalles del suceso	***	***	***	Interés por los detalles del suceso

71

CLASIFICACIÓN DE LOS TIPOS Y MOTIVOS FOLCLORICOS SEGÚN Stith THOMPSON (47)

Cuentos Folclóricos Comunes: Auxiliadores Sobrenaturales. Tipo 503:

Los Obsequios de la Gente Diminuta. Los seres feéricos retiran la joroba del personaje y la sitúan en otro hombre.

I.El Favor de los Feéricos.
(a)Un aventurero tomo parte en la danza de las brujas o Gente Diminuta que vive bajo tierra (Elfos,
Gnomos), o interpreta alguna melodía para ellos.
(b) Completa su canción nombrando más días de la semana.
(c)Complacientemente les permite que le afeiten y corten el cabello. *(Este punto no participa en las leyendas recopiladas en el presente capítulo)*

II.La Recompensa.
(a)Le quitan la joroba.
(b)Le entregan oro.

III.El Compañero Castigado.
(a)Su avaro y chapucero compañero recibe la joroba, es situada en su cuerpo
(b)Recibe carbón en vez de oro. . (Este punto no participa en las leyendas recopiladas en el presente capítulo)

Motivos Folclóricos.
F 261 Danza Feérica.
F 953.1 Jorobado es sanado por los seres feéricos (India, África, Hawai.)
F 344 Feéricos quitan joroba o la reemplazan (Escocia, Bretaña, Japón.)
F 331.4 Mortal obtiene reconocimiento de los feéricos al ejecutar música para su danza. (Inglaterra, Escocia, Gales, Bretaña, Japón)
Q 161.3 Es sanado como recompensa (África)
F 330. Feéricos caritativos.
F.342 Los feéricos le entregan al mortal dinero.
F 344.1 Le quitan joroba
J 2415 Tonta imitación de un hombre con suerte. Porque un hombre tuvo buena suerte, un tonto le imita y piensa que tendrá igual suerte. Es decepcionado.

Conclusión

Al abordar la presente recopilación de distintas versiones de un mismo tipo folclórico, sólo pensé en ofrecer al lector una visión de cómo la tradición oral no se transmite únicamente de una generación a otra, sino también de un pueblo a otro, en nuestro caso, ya sea dentro de las naciones hermanas celtas como más allá de sus fronteras.

Stith Thompson (48) folclorista que ya mencionara en el Capítulo I, nos dice al reflexionar acerca de la diseminación del cuento folclórico: "Las verdaderas rutas de los cuentos siguen los caminos del más importante intercambio cultural. Harán esto por inmensas extensiones de agua a menudo con mayor facilidad que si invadieran un país vecino de cultura extraña. Y seguirán casi siempre una ruta indirecta por agua, que una tercera por tierra. Muchos cuentos han ido así de Alemania directamente a Suecia, sin tocar Dinamarca".

Es de notar que el camino de la narración tradicional se obstaculiza cuanto más fuertes sean las barreras culturales. Aunque en las zonas de frontera el bilingüismo que allí opera no constituye una barrera importante.

Concibiendo a los "Cuentos-Tipo" como núcleos reconocibles y persistentes narraciones características, cuya existencia se manifiesta a través de los Siglos, los países, las culturas, y lenguas más diversas, debemos pensar también en un " "Arquetipo Cultural". El "Cuento-Tipo" se basa pues en un "Arquetipo Cultural", elemento a través del cual podemos observar la influencia recíproca entre literatura folclórica y folclore literario, entre formas escritas y formas orales.

En el caso de no poderse identificar este arquetipo, deberá tratársele como un "Modelo", una "Síntesis Teórica", fruto de varias comparaciones entre "Versiones" y "Variantes".

Algunos proponen la búsqueda del "Oicotipo", es decir, la forma originaria, pero referida ecológicamente a una región, área, y ámbito determinado. Pero la investigación folclórica contemporánea ya no busca tanto la forma original del cuento sino a un estudio metodológico que analiza la evolución del cuento bajo una forma "Normalizada", resultante de la comparación de una serie de versiones y variantes de una zona circunscripta.

Partiendo de esta base podrán ustedes observar cómo a través del Estudio Comparativo de los Motivos Folclóricos, cada versión responde a una propia asimilación del pensamiento mágico del pueblo en cuestión. Esto creo que es también parte importante en el estudio del cuento folclórico.

Un cuento que trasciende fronteras culturales no siempre prospera bajo su concepción cultural originaria, cambios que ocurren debido a pautas sociales de conducta y formas de asimilación de elementos ajenos a ese pueblo.

A pesar de las variaciones propias del folclore -ya que toda transmisión oral, de no variar respetando ciertas estructuras y motivos originales, dejaría de ser folclórica— los personajes agente conservan buenas intenciones hacia quienes les favorecen, temen y respetan. Podemos observar rasgos míticos en las concesiones que éstos realizan con los mortales que les prestan pleitesía. Concesiones que se tornan en terribles sentencias para quienes apresurada o malévolamente intentan beneficiarse con el poder o dones de aquellos, ya sean almas en pena, ángeles caídos, brujas o hechiceras.

La participación en las distintas versiones de un personaje jorobado, hace suponer que este motivo folclórico común a varios pueblos, encierra esa pena y carga física que soporta un jorobado, rechazado además por todos sus vecinos, y cuando "no envidiado por sus cualidades artísticas, facultades sólo reconocidas por aquellos que sienten compasión por él.
Claro está, que acorde a las pautas sociales de rechazo, existen también jorobados huraños, egoístas y maliciosos, que se dan cita en los cuentos recopilados.

Como acotara al comienzo, mi intención es ofrecerle al lector la posibilidad de observar cómo un cuento folclórico transita por algunas naciones celtas no sólo en forma generacional sino también espacial.
Repito que no es mi intención con ello rastrear la forma originaria ya que debería contar con distintas creaciones en zonas de influencia céltica.
Aunque cabe destacar que la versión recopilada en Lugo, Galicia, contiene los versos en lengua castellana, lo que supone cierta transculturación o influencia foránea, hecho que no sucede con la versión recopilada en Coruña.

Referencias Bibliograficas

(1) Augusto Raúl Cortázar. "Folklore y Literatura". Cuadernos de la Editorial Universitaria de Buenos Airea, Cuarta Edición, 1979

(2) Luis Carre Alvarellos. "Cantos Populares da Galiza". Museu de Etnografía e História. Junta Distrital do Porto, Porto, 1968.

(3) Rhonabwy junto Kynnwric y Kadwgewn Vras, fue parte de la compañía que Madawc, hijo de Maredudd, organiza para buscar a su hermano Iorweth, quien huyó a Loeger, devastando todas sus tierras, luego de rechazar el cargo de Pentelou -Jefe de Familia- y personaje más importante después del Rey-. Cargo que le fuera ofrecido por Madawc. Madawc gobernó Powys desde el año 1133 hasta 1160.

(4) Vicente Risco. "Historia da Galiza". -Publicada bajo la dirección de Ramón Otero Pedrayo, Editorial Nos. Buenos Aires, 1962.

(5) Xaime Félix López Arias, en su cuento 'O trasgo de Cervela'. Revista Grial, Janeiro 1978, Caliza (6) Lois Garre Alvarellos. "O trasno non quere levar culpas". Recopilado en San Xian. "Contos populares da Galiza". Ver Cap. I

(7) En algunas leyendas ni siquiera puede contar más de dos. Tal el caso de l cuento "A linaza" recopilado por Lois Garre Alvarellos, donde el trasgo es burlado haciéndole recoger granos de linaza que él mismo deja caer. no olvidar que ello va ligado a su preocupación de dejar todo en orden luego de sus travesuras.

(8) Aurelio de Llano Roza de Ampudia. "Del Folclore Asturiano. Mitos. Supersticiones.Costumbres." Diputación de Oviedo, Inst. de Estudios Asturianos, Astur-Graff, Oviedo, 1977.

(9) Luciano Castañon. "Supersticiones y creencias de Asturias". Ayalga Ediciones, Asturias.

(10) Lady Jane Francés Wilde (1826-1896) "Ancient Legends of Ireland, Mystic Charms and Supersticions." . Vol. 2 – 1857

(11) Vicente Risco. 'Historia da Galiza' Ver Capítulo II

(12) Katharine Briggs. "A Dictionary of Fairies, Hobgoblins, Brownies, Bogies, and other supernatural creatures." First published by Allen Lane U.K. 1976

(13) Robert Kirk (1644-1692) Uno de loa folclorictas más importantes del periodo. Autor del tratado "Comunidad Secreta de Elfos, Faunos y Feéricos" ed. 1691

(14) Nancy Arrowsmith, & George Moorse. "A field guide to the Little People". First Published by MacMillan Press, London 1977

(15) Lepracaun (lep-ra-chawn): Forma parte de la trilogía de Miembros Solitarios de la Gente Feérica de Irlanda, junto con el Cluricaune (quien acecha en las bodegas y sótanos, siendo su pasatiempo predilecto el

fumar y el beber), y el Fir Darrig (quien es la clásica personificación del burlador).

Thomas Crofton Croker interpreta que Lepracaun "Luacharman" : pigmeo. Por su parte Douglas Hyde opina que deriva del gaélico "Leith-Bhreogan" , que puede interpretarse zapatero de un único zapato. El lepracaun ha sido muy popular entre los irlandeses, tanto, que algunos lo consideran el representante de todas las clases de feéricos de Irlanda.

A mi entender es la proyección del típico irlandés del siglo pasado, viviendo a escondidas, muy alegre cuando tiene trabajo, y muy triste luego de embarcarse en varios litros de cerveza que él mismo prepara.

(16) Thomas Keightley. (1789-1372) "The Fairy Mythology" published by G. Bell, London 1873. Edición reimpresa por Avenel Books, New York 1978

(17) Ver: Leyenda del trasgo gallego 'Todos andamos de casa mudada'.

(18) Vicente Risco. 'Historia da Galiza' Ver Capítulo II -

(19) Aurelio de Llano Roza de Ampudia. "Del Folclore Asturiano. (Regresa a Semejanzas entre el Nubeiro y el Nuberu)
Es también popular en Asturias la copla que dice: "Viva el trueno, viva el trueno, /Viva la xente troneira." He escuchado versión en la voz de Agustín Argüelles.

(20) Luciano Castañon. "Supersticiones y Creencias de Asturias." Ver Cap. II-(6)

(21) George Borrow "La Biblia en España" Introduce, de Manuel Azaña. Alianza Editorial Madrid 1970.

(22) Ver: Hadas Gnomos, y Duendes, vs. Gente Feérica"

(23) Vicente Risco. 'Historia da Galiza'.

(24) Luciano Castañon. "Supersticiones y Creencias de Asturias." -Ver Cap II

(25) Fermín Bouza Brey Trilló. "La Mitología del Agua en el Noroeste Hispánico". Discurso leído el día 27/7/1911. Real Academia Gallega. Artes Gráficas Galicia S.A.Vigo, 1973. ."

(26) William Butler Yeats (1865-1939) "Fairy and Folktales of the Irish Peasantry."1888 Re-impresa por Avenel Books, New York, 1986."

(27) En una leyenda bretona, la madre en cuestión cocina el almuerzo para diez sirvientes de la granja en una cáscara de huevo. Entonces el sustituto exclama* -"Para diez, madre querida, ien una cáscara de huevo!. "He visto al huevo antes de ver a la blanca gallina/ he visto a la bellota antes de ver el árbol/ he visto a la bellota y he visto el disparo/ He visto al roble en el 'bosque de Brezal/ mas nunca vi algo semejante." La rama britónica galesa recoge la siguiente Tríada: "He visto a la gallina antes de ver al roble /He visto al huevo antes de ver a la gallina blanca/pero nunca he visto algo semejante."

(28) Aurelio de Llano Roza de Ampudia. 'Del Folclore Astur"-."

(29) Lady Jane Francis Wilde. "Ancient Legends of Ireland" Vol. I pp259/63. Via Katherine Briggs. Ver Cap. II

(30) Campbell, John (1836-1891) "Superstitions of the Highlands and Islands of Scotland." Via Katharine Briggs.

(31) Mna Caointe son las mujeres especialistas en una función social primitiva llorar en los entierros.

Los muertos a quienes lloran no son necesariamente allegados, por lo que reciben en la mayoría de las veces algún dinero a cambio. El 'Caointe' es aún escuchado en distritos de Irlanda, y común entre pueblos griegos, árabes, y asirios. Existen referencias bíblicas con el 'Quinah'. En algunos puntos de Galicia, como Pontevedra, subsiste la costumbre céltica del "Abejorro". Los concurrentes al velatorio se toman de las magos, y rodeando al féretro, comienzan a dar vueltas imitando el zumbido del abejorro sin soltarse durante largo tiempo.

(32) Rogelio Jove y Bravo "Mitos y Supersticiones de Asturias". Oviedo, 1903.

(33) Florentino López Cuevillas. "La Civilización Céltica en Galicia." Porto & Cía.. Santiago de Compostela, 1953.

(34) Leandro Garre Alvarellos. "Las Leyendas Tradicionales Gallegas". Colección Austral-Espasa-Calpe, Editorial, Madrid, 1977.

(35) Hersart de la Villermarqué (1815-1895) "Barzaz-Breiz". Cantos Populares Bretones. Tercera edición de 1867, reimpresa por Ediciones de la Tradición Unánime, Barcelona, 1984.

(36) Lois Garre Alvarellos. "Contos Populares da Galiza." Museu de Etnografía e Historia. Junta Distrital do Porto, 1968.

(37) William Butler Yeats. "Fairy and Folktales..." Ver. Cap IV-(5).

(38) Joan Corominas. "Diccionario Etimológico de la lengua castellana e hispánica." Ed. Credos. Madrid, 1984.

(39) Kemp Malone. "English Studies" XVII, 1935» PP-140.

(40) George Borrow "La Biblia en España". Ver Cap. III-(4).

(41) Ramón Menéndez Pidal. Su estudio sobre el "Dialecto Leonés" Revista de Archivos, Bibliotecas y Museos. No. X, 1906, pp. 188.

(42) LUS-MOR (en gaélico: Hierba o Planta Excelsa) LUSMORE.

(43) Knock-Grafton: en gaélico, Colina del Implante, Colina del Injerto.

(44) Hersart de la Villemarqué. "Barzaz - Breiz". Ver Ref V-(2)

(45) Thomas Keightley. "The Fairy Mythology". Ver Ref II-(12).

(46) La Gente Diminuta : Según vemos en el Capitulo II, uno de los nombres eufemísticos de los feéricos.

(47) Thompson Stith. "Motif-Index of Folk literature; a classification of narrative in folktales, ballads,myths, fables, mediaeval, romances, exempla, fabliaux, jest-books and local legends." Primera Ed. Bloomington; Indiana, USA 1932 – 6 Volúmenes.

(48) Stith Thompson. "El Cuento Folclórico" Capítulo V: Historia de la vida de un cuento folclórico. Universidad Central de Venezuela. Caracas 1972 / Aarne Antti & Thompson Stith "The Types of the folktale; a classification and bibliography translated and enlarged" by S.Th.Helsinki. Academia Scientiarum Fennica. P.F.Comunications. No. 184, 1964

Gracias por haber llegado al final de

"Leyendas Celtas De Galicia & Asturias"

Con el presente trabajo seguramente habrás incorporado una visión de los motivos y tipos folclóricos comunes tanto a Galicia como Asturias gracias a un análisis de los sustratos célticos que imperan en ambas regiones hispanas.

Más que un recorrido por un trabajo teórico , es mi deseo que haya sido una invitación al descubrimiento de una tradición común,

una identidad aún viva que no debe ser ajena a quienes son cultores de lo céltico y a quienes deseen descubrirla.

Si deseas saber hacer amigos y conocer más leyendas como así también música, arte, y cultura celta en general te invito a que visites mis sitios web tanto en inglés como en español:

Blogger : "Celtic Sprite"
Facebook : "Amigos Celtas" & "Love of Rhiannon"

Para conocer otros títulos
Visita mi página en Smashwords :

http://www.smashwords.com/profile/view/branawen

Made in the USA
San Bernardino, CA
29 April 2017